DER FLUG DES EISERNEN ADLERS

KODIAK POINT, BAND 8

EVE LANGLAIS

Englischer Originaltitel: »Iron Eagle (Kodiak Point Book 8)«
Deutsche Übersetzung: Noëlle-Sophie Niederberger für Daniela
Mansfield Translations 2022

Alle Rechte vorbehalten. Dies ist ein Werk der Fiktion. Namen, Darsteller, Orte und Handlung entspringen entweder der Fantasie der Autorin oder werden fiktiv eingesetzt. Jegliche Ähnlichkeit mit tatsächlichen Vorkommnissen, Schauplätzen oder Personen, lebend oder verstorben, ist rein zufällig.
Dieses Buch darf ohne die ausdrückliche schriftliche Genehmigung der Autorin weder in seiner Gesamtheit noch in Auszügen auf keinerlei Art mithilfe von elektronischen oder mechanischen Mitteln vervielfältigt oder weitergegeben werden.

Herausgegeben von: Eve Langlais www.EveLanglais.com

eBook ISBN: 978-1-77384-273-8
Taschenbuch ISBN: 978-1-77384-274-5

Besuchen Sie Eve im Netz!
www.evelanglais.com

PROLOG

Ein schöner Tag zum Fliegen. Ein strahlend blauer Himmel ohne auch nur die geringste Wolke, kilometerweit hervorragende Sicht und warm, aber nicht zu heiß in dieser Höhe. Während sich Eli durch die Lüfte schwang – wobei seine Flügel ausgebreitet waren, um die Luftströmungen einzufangen –, warf er einen Schatten auf den Boden unter sich. Eine majestätische Form.

Wenn man bedachte, dass die Löwen diejenigen waren, die man als Könige bezeichnete. Alle wussten, dass Adler majestätischer waren. Das größte Land der Welt nutzte sie als ihr Symbol.

Adler waren echt toll! Besonders nach ein paar Bier und einem schwungvollen Linedance.

Der Ohrhörer, den Eli trug, blieb für den Moment stumm. Er befand sich in seinem rechten Gehörgang und war von Federn bedeckt. Für gewöhnlich überlebte er die Verwandlung, im Gegensatz zu seiner Kleidung – ein kluger Mensch zog sich vor der Verwandlung aus. Niemand wollte einen weiteren Vorfall. Ein in einem Pullover verhedderter Flügel konnte tragische Konsequenzen haben.

Auch wenn er sich für diese Mission nackt gemacht hatte, trug er zwei Dinge in seinen Krallen und die Anweisungen in seinem Kopf mit sich. Die Einsatzbesprechung hatte die Aufgabe einfach erscheinen lassen, aber Eli war sich der Wichtigkeit bewusst, es genau richtig zu machen. Als Geschwaderführer ruhte der Erfolg auf ihm und den tapferen Soldaten, mit denen er arbeitete.

Sollte er etwas vergessen, würde ihn der Ohrhörer anleiten. Es war jedoch unwahrscheinlich, dass er einen Anstoß brauchen würde. Er hatte seinen aktuellen Dienstgrad im Militär nicht bekommen, indem er Befehle ignoriert hatte. Ein guter Soldat gehorchte immer.

Elis Team – das, ihn eingeschlossen, neun Mitglieder umfasste – hatte sich in drei Schwärme mit je drei Soldaten aufgeteilt. Er führte die vorderste Gruppe an, während die anderen ein klein wenig zurückblieben und ihn links und rechts flankierten.

Schließlich bekam er neue Informationen durch seinen Ohrhörer. »Das Ziel nähert sich der Zone. Sichtkontakt sollte sich in weniger als sechzig Sekunden einstellen.«

Das Flugzeug blieb im Zeitplan und folgte der geheimen Flugstrecke, wobei es tief genug flog, um den meisten Radarsystemen zu entgehen. Es war unterwegs zu einer Bergkette in Afghanistan. Sie konnten nicht zulassen, dass es die Rebellen erreichte. Es lag an Eli und seinem Team, es aufzuhalten.

Er konnte nicht antworten. Seine Gestalt als Adler war gut zum Fliegen, nicht zum Sprechen. Er ging mit gutem Beispiel voran, drehte ein und schlug dann mit den Flügeln, um höher zu kommen, hoch genug, dass sich die Piloten keine Gedanken über die dunklen Flecke über ihnen machen würden. Immerhin erwartete niemand einen neunzig Kilo schweren Vogel im Himmel, ganz zu schweigen von neun von ihnen.

Elis Schwarm – er mit Thomas und Bentley – folgte jeder seiner Bewegungen. Sie trainierten und arbeiteten bereits seit Jahren miteinander. Sie wussten, wie sie sich bewegen mussten, als wären sie ein Geist, ein Körper. Sobald er sich bewegte, würden die anderen zwei Schwärme beginnen, die Lücke zwischen ihnen und dem Flugzeug zu verkleinern, um ihren Plan in Gang zu setzen.

Da sie, im wahrsten Sinne des Wortes, Adleraugen hatten, bedeutete das, dass das ganze Geschwader das unter ihnen segelnde Flugzeug sah, bevor sie es hörten. Ein dunkler Fleck voller Waffen, die Zivilisten und Truppen verletzen würden, sollten die Rebellen sie in die Hände bekommen. Sie konnten nicht erlauben, dass der brüchige Frieden im Nahen Osten vollends zerbrach.

Als das Flugzeug schneller flog, als sie mit den Flügeln schlagen konnten, und drohte sich bald außer Reichweite zu bewegen, schoss Elis Schwarm nach unten – stürzende, gefiederte Geschosse, deren

Krallen sich öffneten, sobald sie die feine Schrift auf dem Flugzeug lesen konnten. Die magnetisierten Bomben schlugen auf die Außenhülle des Flugzeugs auf und blieben dort haften. Lichter begannen zu blinken, als sich die Vorrichtungen aktivierten.

»*Skree.*« Er gab einen schrillen Schrei von sich, den der Empfänger, den er trug, übermitteln würde. Ein Schrei für Erfolg. Mehr als ein scharfes Geräusch, und die Mission wäre geplatzt. Es war auch ein Signal für sein Team.

Bei seinem Ausruf schwenkten sie vom Flugzeug ab und flogen angestrengt in die entgegengesetzte Richtung.

Sekunden später explodierten die Bomben, ließen Metall zerbersten und beschädigten das Flugzeug. Eli drehte sich in der Luft und schlug ein paarmal kräftig mit den Flügeln, um zuzusehen. Das Flugzeug hatte katastrophalen Schaden erlitten. Flammen schossen aus einem der Triebwerke und die Geschwindigkeit hatte sich drastisch reduziert. Das Flugzeug schwankte und einen Moment lang erschien es, als würde es zu trudeln beginnen. Der Pilot erlangte die Kontrolle wieder, und verdammt, wenn er es nicht schaffte, es zu stabilisieren, während es in Richtung einer Lichtung sank.

Die Chancen, dass es unversehrt landen würde, waren nicht groß. Dennoch wollten sie kein Risiko eingehen.

Eli stieß einen schrillen Schrei aus, um den anderen beiden Schwärmen ein Signal zu geben. Sie kamen herbei, umgaben das Flugzeug, griffen es im

Sturzflug mit Bomben an und machten den Piloten praktisch blind, sodass es für ihn unmöglich war, seine Landung zu planen. Der Berg kam näher. Und näher.

Das Flugzeug war über den Umkehrpunkt hinaus. Eli pfiff laut und sein Geschwader drehte ab, eine mühelose Drehung nach oben und davon, wobei sie sich mit ihren Flügeln in die Höhe schwangen. Das Flugzeug konnte ihre Manövrierfähigkeit nicht nachahmen.

Boom!

Ihr Ziel prallte auf und explodierte in einem Feuerball, der alles darin zerstörte. Ein voller Erfolg.

Die Arbeit eines Tages für den Eisernen Adler war getan. Eine weitere erfolgreiche Mission in einer langen Reihe. Sein letzter Glanzmoment vor dem großen Absturz.

KAPITEL EINS

iele Jahre später …

ALS ER NACH einem Nachmittag des Trinkens nach Hause stolperte, war Elis nicht allzu eiserner Magen in Aufruhr und drohte sich direkt im Sichtfeld seiner Nachbarin, die durch die Gardinen spähte, auf der Straße zu entleeren.

Verdammt. Nicht schon wieder.

Das letzte Mal war Mrs. Parkley ausgerastet und hatte behauptet, dass sie bereits genug damit zu tun hatte, nach einem feuchtfröhlichen Abend das Erbrochene ihres Mannes zu beseitigen. Sie musste nicht auch noch Elis mit dem Gartenschlauch wegspritzen.

Er hatte sich entschuldigt, da es das Einzige gewesen war, was er hatte tun können. Er hatte sich darum bemüht, sich nicht länger vor ihrem Haus zu übergeben. Und er war gescheitert. Aus irgendeinem

Grund schien es, als würde sein Magen den bekannten Anblick dieses motorradfahrenden Frosches auf dem Rasen erkennen und wissen, dass er fast zu Hause war. Ähnlich wie ein Mensch, der in dem Moment scheißen musste, in dem er durch die Tür kam.

Wenn du dich nicht übergeben willst, dann hör auf, dich zu besaufen.

Hm.

Schwierige Entscheidung.

Er sollte etwas trinken und darüber nachdenken, wenn er nach Hause kam; was glücklicherweise nicht mehr weit entfernt war. Obwohl der Begriff *Zuhause* noch gut gemeint war. Es war ein Wohnwagen, äußerlich schäbig und innen doch makellos. Jedes Mal wenn er verkatert aufwachte, verbrachte er als Bestrafung dafür, erneut schwach geworden zu sein, eine Stunde oder länger damit, alles zu schrubben, bevor er sich zur Arbeit in der örtlichen Fischerei aufmachte. Eine übel riechende Angelegenheit, aber er brauchte Geld. Wie sonst sollte er Alkohol kaufen?

Kodiak Point hatte keine kostenlosen Weinproben, wie sie in manchen Städten angeboten wurden. Obwohl das Gras, das er im Wald anbaute, ziemlich gut war. Wenn nur der Vorrat, den er gezüchtet hatte, den ganzen Winter ausreichen und seinen Wohnwagen nicht riechen lassen würde, als wäre ein Stinktier dort eingezogen.

Die Stadt hätte bessere Arbeit und bessere Drogen zu bieten gehabt, aber als er aus dem Militär kam, war er in die Stadt gezogen, in der er aufgewachsen und von seinem Großvater großgezogen worden war – ein Ort weit entfernt von Leuten. Menschen, um genau zu sein. Er hatte keine Wahl, da er nie wusste, wann er sich so sehr betrinken würde, dass sein Adler sich befreite. Das hatte als Teenager auf einer Halloweenparty begonnen. Er hatte Bier und Whisky miteinander gemischt. Schlechte Idee. Er war nackt im Garten aufgewacht, wo ihn sein Großvater böse anfunkelte. Der Kopf seines Großvaters war kahl und glänzend, aber seine Augenbrauen waren buschige Raupen, die sich eloquent ausdrücken konnten, wenn er Eli eine ordentliche Standpauke hielt.

Eli vermisste seinen Großvater. Er würde jederzeit eine den ganzen Tag andauernde Gardinenpredigt den von Boris und der Bande ausgelösten Schuldgefühlen vorziehen. Reden darüber, dass er mehr wert war als das hier. Dass er sich zusammenreißen sollte. Die ganze Sache mit: *Ja, das Leben kann scheiße sein. Ändere deine Zukunft.*

Bla, bla, bla.

Nach dem, was er getan hatte, verdiente er keine Zukunft. Eine kleine Violine spielte, karikierter Spott über sein Selbstmitleid, die gerade außerhalb seiner Reichweite baumelte.

Er blinzelte und das Instrument verschwand.

Das Mondlicht war heute Abend besonders wirkungsvoll. Er blickte nach oben. Die Dämmerung brach schnell herein. Nur eine schmale silberne Sichel zeigte sich über ihm.

Ein kleiner Segen. Er hatte in letzter Zeit Schwierigkeiten während des Vollmonds. Es gab nichts

Besseres, als nackt in einem Haufen erbrochener Mäuse und Käfer aufzuwachen, um das Leben noch mehr zu hassen.

Er hatte gedacht, er hätte seinen Tiefpunkt erreicht, als das Militär ihn hinausgeworfen hatte. Scheinbar konnte er noch tiefer sinken. Es war noch nicht schlimm genug, dass er dafür bekannt war, jedes Halloween nackt umherzustreifen und zu schreien, dass er der Geist seines Großvaters sei – der alte, griesgrämige Mistkerl hatte Spaß daran, an diesem heiligen Abend in ihn zu fahren. Das Video von ihm, wie er auf das Krippenspiel pinkelte und sich danach über dem Jesuskind übergab, war etwas, für das selbst er sich nicht entschuldigen konnte.

Danach hatte er versucht, das Trinken aufzugeben, aber die Geister derer, die er enttäuscht hatte, suchten ihn heim. Die einzige Möglichkeit, um einen gewissen Frieden zu bekommen, bestand darin, zu trinken, bis er bewusstlos wurde. Was zu einigen fiesen Katern führte.

Auch wenn Gestaltwandler Alkohol wesentlich schneller verstoffwechseln konnten als andere, konnte der spezielle schwarzgebrannte Schnaps aus dem Schuppen der McPhersons selbst einen Elch k. o. hauen. Boris drohte immer noch, jeden zu foltern, der die Weihnachtsfeier ansprach, bei der jemand den Eierflip mit etwas Stärkerem versetzt und er Kyle, das Karibu, zu einem Kampf herausgefordert hatte, wobei er behauptete, dass der Weihnachtsmann niemals mickrige Rentiere zum Ziehen seines Schlittens verwenden würde, wenn es doch mehr Sinn ergab, einen kräftigeren Elch zu benutzen.

Guter Mann, dieser Boris. Genau wie Reid, der Alpha, und alle anderen in Kodiak Point – viele von ihnen waren ehemalige Soldaten wie Eli. Männer, die untergetaucht waren, aber nicht mehr lange. Die Welt veränderte sich schnell. Gestaltwandler waren offenbart worden. Drachen existierten. Obwohl Eli sich ziemlich sicher war, dass er sehr betrunken gewesen sein musste, als er Leute darüber sprechen hörte, wie die apokalyptischen Reiter in der Wüste aufgetaucht waren.

Aber Drachen? Er hatte die Videos gesehen. Was für ein Geschwader sie abgeben würden. Man stelle sich vor, Drachen zum Sieg zu führen.

Eine Sekunde lang spürte der Eiserne Adler, der Kapitän der Lüfte, das Hochgefühl, eine Kampftruppe anzuführen, den Wind unter seinen Flügeln, während er –

Nein. Nie wieder. Wo ist der Whisky?

Seine Tage, während derer er Missionen anführte, waren vor drei Jahren zu Ende gegangen. Vor eintausendzweihundert und drei Tagen, um genau zu sein.

Wie viel länger würde er noch büßen müssen?

Schlamm schmatzte mit jedem Schritt, da die mit dem Frühling einhergehende Schmelze endlich eingetreten war. Mit den wärmeren Temperaturen würden sich die Straßen zu anderen Orten für den allgemeinen Verkehr öffnen und der Exodus würde beginnen. Kodiak Point galt nicht länger als sicherer Hafen für Gestaltwandler. Zu viele Vorfälle, zu viele enthüllte Geheimnisse.

Diejenigen mit Familie wollten dorthin umziehen, wo sie sich einfügen und verstecken konnten, in der Hoffnung, den aufziehenden Sturm zu überstehen. Eli war keiner von ihnen.

Scheiß drauf. Wenn jemand kommen und ihn dafür erschießen wollte, dass er ein Gestaltwandler war, dann sollte er das tun. Er hatte letztes Jahr die große Vier mit der Null dahinter erreicht. Oder war es das Jahr zuvor gewesen? Egal. Er war eine vergessene Größe. Ein Versager. Die Welt wäre ohne ihn ein besserer Ort.

Die karikierte Violine spielte ein trauriges Lied.

»Halt verdammt noch mal das Maul!«, lallte er.

Ein trübes Blinken zeigte seinen Wohnwagen vor sich. Davor parkte ein großer Geländewagen mit Ketten an den Reifen. Matsch überzog den schwarzen Lack, aber er konnte dennoch erkennen, dass er dunkel getönte Scheiben, ein Regierungskennzeichen und *Ärger* als Aufschrift hatte.

Scheiße. Was wollten die Bundesagenten? Er war bereits unehrenhaft entlassen worden. Nicht wegen dem, was passiert war. Sie hatten versucht, ihm zu sagen, es sei nicht seine Schuld gewesen, auch wenn er es besser wusste. Sie hatten ihn wegen dem rausgeworfen, was er *nach* dem Vorfall getan hatte. Für das Pinkeln in der Öffentlichkeit hätte er vielleicht einen Schlag auf die Finger bekommen. Auf den General und seine Frau zu pinkeln, während sie in ihrem Bett schliefen? Scheinbar überschritt er damit irgendeine Art von Grenze.

Aber er bekam, was er wollte. Bestrafung.

Vielleicht hatten sie noch mehr davon zu verteilen. Er hatte bereits auf jegliche Unterstützung verzichtet, die ihm noch immer zustand. Hatten sie entschieden, sein Zeug zu konfiszieren? Sie würden nicht viel bekommen.

Sein Magen gurgelte.

Jetzt war nicht der richtige Zeitpunkt, um mit irgendjemandem zu sprechen. Er steuerte auf den Wald zu. Zu dieser Jahreszeit war es immer noch kühl, aber es wäre nicht das erste Mal, dass er sich ausschlafen und ein wenig taub von der Kälte aufwachen würde.

»Captain Jacobs«, rief eine Frau, wobei sie den Dienstgrad benutzte, den er mitsamt seiner Militärkarriere abgelegt hatte.

Er brach in ein schlurfendes Joggen aus.

»Captain Jacobs, wollen Sie wirklich weglaufen?« Sie klang recht ungläubig.

Zum Teufel, ja, das wollte er. Aber wie in allen Dingen seit dem Vorfall scheiterte er. Er stolperte über seine eigenen Füße und fiel mit dem Gesicht voran in den Matsch, wobei er nur knapp neben einem Scheißhaufen landete.

Fantastisch.

Ein Stiefel erschien in dem Dreck neben seinem Gesicht. »Sind Sie Captain Jacobs?«

»Das kommt darauf an.«

»Ich habe keine Zeit hierfür.«

Er stöhnte. »Können Sie mich nicht einfach in Ruhe lassen?«

Stattdessen befahl sie: »Auf die Füße.«

»Nö. Ich fühle mich hier unten ganz wohl.«

»Sofort!«, fauchte sie.

»Na, weil Sie so nett darum gebeten haben«, grummelte er und drehte sich auf den Rücken – das Aufstehen würde angesichts des Schwindelgefühls noch warten müssen.

»Ich sagte aufstehen.«

»Oder Sie könnten sich hinlegen. Sehen Sie sich doch die Sterne an«, schlug er vor, selbst während sie Eli den Ausblick darauf verdeckte.

Die Frau ragte über Eli auf und ihr Tonfall war gereizt, als sie sagte: »Mit all diesem Dreck in Ihrem Gesicht kann ich es nicht erkennen. Sind Sie Captain Eli Cole Jacobs?«

»Mittlerweile nur noch Eli.«

»Nicht mehr. Mit dieser Unterhaltung sind Sie wieder Captain Jacobs. Erachten Sie sich als wieder in den aktiven Dienst gezogen.«

Die lächerliche Vorstellung brachte Eli dazu, sich ein wenig zu schnell in eine sitzende Position zu drücken. Sein Inneres rebellierte, als er prustete: »Das kann nicht Ihr Ernst sein.«

»Sehe ich aus, als würde ich scherzen, *Captain*?«

»Nein. Das können Sie nicht tun. Ich wurde unehrenhaft entlassen.«

»Dies ist ein Notfall, was bedeutet, dass die gewöhnlichen Regeln nicht gelten.«

»Ich bin dienstuntauglich.« Eine Untertreibung.

Er drehte sich auf die Knie. Sein Kopf hing nach unten, während er gegen den Schwindel ankämpfte. Nicht nur wegen des Alkohols, der in seinem Bauch auf sich aufmerksam machte. Allein der Gedanke an eine Rückkehr in den aktiven Dienst ließ ihm übel werden.

Ich kann nicht.

»Sie haben keine Wahl.«

Seine Antwort?

Die halb verdaute Fleischpastete, die McPhersons Frau ihm gemacht hatte, landete in alkoholgetränkten Brocken auf ihren Füßen.

KAPITEL ZWEI

Wie weit bin ich hierfür gefahren? Yvette starrte die Zehen ihrer Gummistiefel an. Zumindest spürte sie die Nässe des Erbrochenen nicht, aber das half nicht, den Anblick der Brocken zu verbergen, und sie tat ihr Bestes, aufgrund des Gestanks nicht zu würgen.

Widerlich. Genau wie der auf dem Boden liegende Mann.

Captain Eli Jacobs, bekannt als der Eiserne Adler. Kein Name, den die allgemeinen Reihen kannten, trotz seiner vielen Erfolge. Captain Jacobs hatte für eine geheime Abteilung des Militärs gearbeitet. Er war der Anführer des streng geheimen Adler-Geschwaders gewesen, eine Eliteeinheit, die auch die kompliziertesten und gefährlichsten Missionen durchführen konnte. Bis zu dem Vorfall, der zur Auflösung des Geschwaders geführt und die Überlebenden überwiegend in den Ruhestand geschickt hatte. Oder der, im Fall des Captains, dazu geführt hatte, dass er wegen unwürdigen Verhaltens rausgeworfen wurde.

Da jedoch die Zukunft auf dem Spiel stand, zählte die Vergangenheit nicht – was der Grund war, warum sie unerträgliche Mühen auf sich genommen hatte, um ihn zu finden. Sie hatten keine Wahl. Das Böse stand praktisch vor ihrer Tür. Sie brauchten jegliche Hilfe, die sie kriegen konnten, selbst von einem umfallenden Betrunkenen.

Der Mann besaß nicht einmal ein Telefon oder eine E-Mail-Adresse. Als sie den Anführer dieser kleinen Stadt mitten im Nirgendwo kontaktiert hatte, hatte der Mann ihr erzählt, es wäre Elis gutes Recht, wenn er nicht mit ihnen reden wollte – *ihnen*, das waren die Militärkontaktpersonen des Gestaltwandlergremiums.

Reid Carver: Alpha und Anführer von Kodiak Point, ein ehemaliger Soldat und Bären-Gestaltwandler mit makelloser Akte. Er war einer der wenigen Veteranen in dieser Stadt, von denen viele verheiratet waren und Kinder hatten. Als sie begann, nach Leuten zu suchen, die sie für den anstehenden Kampf rekrutieren konnten, war sie überrascht gewesen, wie viele Legenden an diesem Ort lebten. Veteranen wie Boris der Elch mit seinem beeindruckenden Geweih, Gene der Geisterspion und seltener Eisbär-Gestaltwandler. Und das waren nur die denkwürdigsten Bewohner.

Kodiak Point hätte seine eigene kleine Armee aus Gestaltwandlern gründen können, die heimlich dem

Land gedient und sich dann ins zivile Leben zurückgezogen hatten. Aber sie hatte das Gefühl, dass Eli hierhergekommen war, um sich zu verstecken und zu sterben. Was für eine Verschwendung des Mannes, der er einst gewesen war.

Wäre die Situation nicht so fatal gewesen, wäre sie gegangen. Stattdessen bellte sie: »Stehen Sie auf.«

Eli blieb auf den Knien und ließ den Kopf tief hängen, während er stöhnte. »Gehen Sie weg.«

»Ich kann nicht.«

»Das werden Sie müssen. Ich kann Ihnen nicht helfen. Verdammt, ich kann nicht einmal mir selbst helfen.« Ein selbstironisches Lachen folgte.

Ein Mann, der seinen Tiefpunkt erreicht hatte und noch nicht wieder aufgestanden war. »Sind Sie fertig mit Ihrem Selbstmitleid? Ihr Land braucht Sie.«

Er schaffte es, den Kopf weit genug anzuheben, um sie anzufunkeln. »Es ist kein Selbstmitleid, nur die Wahrheit.«

Eine Matte fettigen Haars fiel ihm ins Gesicht, wodurch dieses verdeckt wurde. Die Bilder in seiner Akte hatten einen Mann mit kantigem Kiefer, Hakennase und stechenden Augen gezeigt. Der auf seinen Knien hatte sich seit einer Weile nicht mehr rasiert, weshalb ihm an Kinn und Kiefer ein wilder Bart wuchs. Sein Haar hatte schon lange Zeit weder eine Schere noch Shampoo gesehen. Was den Gestank anging? Es war gut, dass sie sich im Freien befanden.

»Die Wahrheit ist, Sie sind ein Süchtiger. Alkohol, Drogen. Ihre Akte sagt, dass Sie unter Schuldgefühlen leiden. Was nicht gerechtfertigt ist. Sie haben alles getan, was Sie konnten –«

»Aber es war nicht genug«, platzte er hervor. »Ich hätte mehr tun sollen. Es ist meine Schuld, dass sie gestorben sind. Es wird nicht wieder passieren.«

»Einhundertdrei erfolgreiche Missionen, ohne jemanden zu verlieren, und doch bezeichnen Sie sich nach einem einzigen Misserfolg als Versager?« In seiner Akte hatte auch das gestanden. Irgendeine Art extremer Schuldgefühle.

»Bei diesem Misserfolg kamen drei ums Leben.« Seine Stimme wurde barsch. »Das waren drei zu viel. Es hätte mich treffen sollen.« Er fiel praktisch vornüber und griff nach ein wenig hartem Schnee, der durch die Tageswärme des Frühlings kristallisiert war. Er warf ihn auf ihre Stiefel und benutzte ihn, um sie abzuwischen.

»Machen Sie sich keine Mühe. Ich werde Sie gegen das Ersatzpaar im Kofferraum austauschen.«

»Das tut mir leid. Muss etwas gewesen sein, das ich gegessen habe«, murmelte er.

Eine nette Entschuldigung, und doch würde sie ihm keine Freikarte geben. »Vielleicht sollten Sie versuchen, um neunzehn Uhr nicht schon sturzbetrunken zu sein.«

»Ist es schon so spät?«, erwiderte er. »Für gewöhnlich bin ich schon um fünf bewusstlos.«

Ihre Lippen wurden schmal. Fand er das ernsthaft lustig? »Sie sind eine Schande.«

»Jup.« Er versuchte nicht einmal zu widersprechen.

»Sie werden ausnüchtern und duschen müssen, bevor wir aufbrechen.«

»Ich gehe nicht mit Ihnen.« Er drückte sich auf die Füße und taumelte.

Es überraschte sie zu sehen, wie viel größer als sie er war. In seiner Akte hatte eine Körpergröße von einem Meter neunzig und ein Gewicht von sechsundachtzig Kilogramm gestanden. Bisher war er ... klein erschienen. Schwach. Eine Sekunde lang konnte sie sich fast den Mann vorstellen, der er einmal gewesen war.

Dann rülpste er, woraufhin sie sich beinahe übergab.

»Sind wir fertig?«, fragte er. »Ich glaube, ich schmecke gleich mein Abendessen wieder.«

»Wann werden Sie aufbruchbereit sein?«

»Welchen Teil von *niemals* verstehen Sie nicht? Ich gehe nicht mit Ihnen. Weder jetzt noch jemals. Meine Zeit im Militär ist vorbei.«

Sie hätte ihn anschreien und ihm sagen können, dass es ein Befehl war. Sie hätte ihn wegen Ungehorsams erschießen können. Stattdessen musterte sie ihn und sagte: »Die Welt wird bedroht. Wir brauchen alle an Bord.«

»Und da sind Sie zu mir gekommen?«, prustete er.

»Sie sind nicht der Einzige, der aus dem Ruhestand geholt wird. Andere haben bereits eingewilligt, sich uns anzuschließen.«

»Ich fliege nicht mehr.«

»Sie Feigling«, fauchte sie. »Welchen Teil von *die*

Welt ist in Gefahr verstehen Sie nicht? Ihr Selbstmitleid ist unwürdig für einen Mann Ihrer Fähigkeiten. Reißen Sie sich zusammen. Wenn nicht für Sie selbst, dann für die gottverdammten Kinder, Frauen und Männer dieser Welt, die im Moment einen Helden brauchen.«

Die falschen Worte. Seine Miene wurde verschlossen.

»Ich bin kein Held.«

Er torkelte von ihr weg, und sie wollte ihn ohrfeigen und schreien. Aber das würde nichts bringen. Der Captain musste entscheiden, sonst wäre er nutzlos für sie.

»Machen Sie nur. Trinken Sie noch etwas. Aber denken Sie daran, wenn Sie anfangen, die Ergebnisse dessen zu sehen, was diesmal ohne Ihre Hilfe passieren wird, *wird* es Ihre Schuld sein.« Als sie auf ihren Geländewagen zuging, rief sie: »Wenn Sie es sich anders überlegen, ich fahre am Morgen los. In drei Tagen geht ein Flug von Anchorage aus.«

»Gute Reise.«

Yvette konnte nicht umhin zu fauchen: »Leck mich am Arsch.« Sie wusste bereits, dass sie sich einiges würde anhören müssen, wenn sie ohne den Adler landete. Brigadegeneral Kline war beharrlich gewesen. Er hatte behauptet, sie bräuchten jemanden mit den Fähigkeiten des Captains, wenn sie bei ihrer Mission erfolgreich sein wollten. Sie hatte nicht alle Details darüber, was das mit sich brachte, nur die Tatsache, dass es wichtig war.

Sie tauschte ihre Stiefel und ließ das dreckige Paar

vor seinem Haus stehen, bevor sie in den Wagen stieg und zum Wohnsitz des Alphas fuhr. Sie war eingeladen worden, die Nacht dort zu verbringen, was angesichts ihres zweiten Grundes, in Kodiak Point zu sein, gut funktionieren würde.

Da manche Dinge am besten nicht mithilfe elektronischer Geräte übermittelt wurden, war sie vom General darum gebeten worden, Reid Carver und die anderen Veteranen darüber zu benachrichtigen, dass sie ebenfalls in den aktiven Dienst zurückgeholt wurden und auf Anweisungen des Gestaltwandlergremiums warten sollten. Die Welt war aktuell ein seltsamer Ort, da die Kryptiden der Welt offenbart wurden – *Kryptiden* war die wissenschaftliche Bezeichnung, um die verschiedenen nicht menschlichen Spezies zu beschreiben. Die Gestaltwandler taten immer noch ihr Bestes, in der Nähe der Menschen unauffällig zu sein. Allerdings galt das nicht für die anderen Spezies. Wie die Drachen, die mittlerweile zu oft entdeckt worden waren, um ihre Existenz überzeugend leugnen zu können. Und in letzter Zeit Dschinns – böse rauchige Geister, die dazu neigten, Schneisen der Zerstörung zu hinterlassen, wann immer sie erschienen. Oh, und man durfte nicht die apokalyptischen Reiter vergessen, vier mysteriöse Gestalten, die aus der Wüste aufgetaucht waren und in den sozialen Medien für Aufruhr sorgten.

Es war eine gefährliche Zeit für Kryptiden, was bedeutete, dass alle – selbst selbstbemitleidende Säufer – ihren Teil tun mussten.

Die Tür des Alphas öffnete sich und Reids Frau

Tammy stand da, um Yvette hereinzulassen. Sie hatte ihr Haar aus dem Gesicht gebunden, was ihre runden Wangen zeigte. Ihr Bauch war hervorgewölbt, dazu bereit, einen Bruder oder eine Schwester für den kleinen Racker hervorzubringen, der sich gerade an Yvettes Bein klammerte.

»Wie ist es gelaufen?«, fragte Tammy. Anders als ihr Mann hatte sie nicht ein negatives Wort gesagt, als Yvette verkündet hatte, dass er und die anderen Männer in der Stadt zum Dienst verpflichtet werden würden. Im Moment konnten sie noch zu Hause bleiben, aber es wurde von ihnen erwartet, bald mit dem Training zu beginnen.

»Es ist beschissen gelaufen. Jacobs hat mir auf die Stiefel gekotzt.« Sie konnte nicht umhin, eine Grimasse zu ziehen.

»Meine Güte.« Tammy verzog das Gesicht. »Der Mann hat einen schwachen Magen. Wir werden nicht darüber sprechen, was er in einem Jahr während des Weihnachtsessens gemacht hat. Hat er wenigstens Kleidung getragen?«

»Ja.« Eine gute Sache, wenn man bedachte, dass er recht ausgemergelt erschien. Diese sechsundachtzig Kilo waren jetzt vielleicht um die zweiundsiebzig, vielleicht noch weniger.

»Ich nehme an, er hat Nein gesagt.« Tammy trat zur Seite, um Yvette hereinzulassen.

»Tatsächlich war er sehr beharrlich. Und wirklich, jetzt, wo ich ihn persönlich gesehen habe, muss ich zustimmen. Er ist nicht diensttauglich.«

»Er ist kaputt«, pflichtete Tammy ihr bei. »Das ist

er bereits, seit er in der Stadt aufgetaucht ist. Aber man weiß nie. Vielleicht schafft er es, sein Leben umzudrehen.«

Yvettes Erwiderung war grimmig. »Wir haben keine Zeit, um zu warten.«

KAPITEL DREI

*E*li wartete eine Weile, nachdem der Geländewagen weggefahren war, bevor er aufstand und es auf zittrigen Beinen zu seiner Tür schaffte. Sie war unverschlossen, da er bereits vor langer Zeit den Schlüssel verloren hatte.

Die Frau, deren Namen er nie gehört hatte, hatte ihn zurückgelassen, um sich in seinem Elend zu suhlen, was er zu schätzen wusste. Er hatte sich völlig blamiert, indem er sich auf sie übergeben hatte – er war die reinste Katastrophe. Es war besonders erniedrigend, wenn man bedachte, wie ordentlich sie war. Jünger als er, ihre Haltung groß und stolz, ihr dunkles Haar zurückgebunden, ihre Lippen – selbst wenn sie vor Missbilligung geschürzt waren – voll. Was ihren Duft anging …

Es war faszinierend, wie er ihn hart getroffen und in ihm die Sehnsucht nach etwas anderem als nur Besinnungslosigkeit ausgelöst hatte.

Als sie sagte, dass sie ihn bräuchte, hatte er

beinahe erwidert: *»Ja.«* Er wollte sich der Herausforderung stellen.

Dann traf ihn die Realität, als er langsam nüchterner wurde. Sie wollte keinen Versager. Eine vergessene Größe. Eine traurige Violine.

Zumindest hatte er sie davon überzeugt wegzugehen. Man stelle sich vor, *er* könnte helfen. Obwohl er sich fragte, welche Katastrophe solch verzweifelte Maßnahmen erforderlich machte.

Als er seinen Wohnwagen betrat, der heruntergekommen und verschlissen, aber dennoch makellos war und noch sauberer werden würde, wenn es seine Sünden wegwaschen konnte, musterte er den Kühlschrank. Eine Flasche Kartoffelwodka – selbstgebrannt – wurde darin gekühlt.

Ein Drink klang in diesem Moment gut. Er zog seine schlammigen Stiefel aus und ging in löchrigen Socken zum Kühlschrank. Er öffnete ihn, um die Flasche zu finden. Es war wohl eher ein Krug – nach den Anleitungen im Internet fermentiert. Das war die letzte Flasche des Zeugs, das einem Löcher in den Bauch brennen konnte.

Hoffentlich war es auch die wohlschmeckendste.

Er setzte sich damit vor seinen Fernseher. Dieser bekam genau einen Sender nur schlecht rein, der aktuell eine Sitcom mit zu vielen Lachspuren zeigte.

Welche Gefahr würde jemanden dazu bringen, nach ihm zu suchen? Er trank einen Schluck. Auf dem Weg nach unten brannte es wie Raketentreibstoff.

Er erinnerte sich an einige Fetzen einer Unterhaltung, die er im Schuppen der McPhersons mitgehört hatte.

»... irgendeine Art von Teufel wird einmarschieren.«

»Nein, es sind die Dschinns, die hinter uns her sind, Dummkopf. Sie werden jedermanns Haus in Glasflaschen verwandeln und die Leute zu ihren Dienern machen.«

»Ihr liegt beide falsch. Es sind Aliens.«

Betrunkene Unterhaltungen wie diese hatten wenig mit der Wahrheit zu tun. Dennoch lag für gewöhnlich ein Fünkchen Wahrheit in Gerüchten. Er nahm einen Schluck. Dann noch einen. Genug, um auf seiner schäbigen Couch einzuschlafen.

Es war keine traumlose Nacht.

Er stand in einer Wüste, in alle Richtungen war nur unfruchtbarer Sand zu sehen. Der Himmel war dunstig und in der Luft lag ein gewisser Geruch. Ein Gestank, den er als den des Todes erkannte.

Als wollte sie ihn verspotten, fiel eine einzelne versengte Feder zu Boden. Er kniete sich daneben und bald übergoss ihn ein Regen aus gefiederten Überresten und erdrückte ihn. Er knickte unter dem Gewicht ein, was der Moment war, in dem das Flüstern einsetzte.

»Du hast mich umgebracht, Cap'n.«

»Warum hast du mich nicht gerettet?«, jammerte ein anderer.

»Du hättest sterben sollen. Nicht wir.« Ein scharfes Zischen.

Aber dann, eine neue Stimme.

»Es war nicht seine Schuld. Er hat alles getan, was er konnte.«

»Nicht genug!«

»Er hat Befehle befolgt.«

»Wir sind gestorben.«

»Er wäre an eurer Stelle gestorben, wenn er es hätte tun können.«

Die ehrliche Wahrheit.

»Er sollte leiden.«

»Wie wäre es, wenn er es wiedergutmacht?«, fragte die freundliche Stimme.

»Er wird scheitern.«

»Menschen werden sterben.«

Die Stimme der Vernunft erwiderte: *»Es werden mehr sterben, wenn er es nicht tut. Die Welt braucht einen Helden …«*

Eli wachte nach Luft schnappend auf, durchnässt durch den Krug, den er über sich ergossen hatte. Außerdem war es unbequem, da die Couch nur ein Zweisitzer und durch Benutzung platt gesessen war.

Er fiel herunter und versuchte, sich aufrichten. Er stöhnte, als sein Kopf nachkam und sich drehte. Sein Magen zog sich zusammen, hatte aber nichts in sich, das er hervorwürgen könnte. Aber seine andere Hälfte schon.

Er tötete sein Badezimmer. Wortwörtlich. Er schloss diese Tür und dachte darüber nach, es nie wieder zu benutzen. Als er in sein Schlafzimmer ging, mangelte es dem Spiegel über der sich durchbiegenden Kommode, der zwei Schubladen fehlten, an Freundlichkeit. Er zeigte einen Landstreicher. Einen abgezehrten und untergewichtigen Mann. Seine Augen waren blutunterlaufen.

Seine Haut war fettig. Und sein Haar ... widerlich. Und zu denken, dass ihn die Frau, die er gestern Abend getroffen hatte, so gesehen hatte. Zumindest waren sie draußen gewesen, wo sie ihn nicht riechen konnte.

Er wettete, dass sie es bereute, nach ihm gesucht zu haben. Wie verzweifelt waren sie, dass sie ihn gefragt hatten?

Ich, einen Unterschied machen? Lächerlich. Aber scheinbar dachten nicht alle so. Am Vormittag, während er würgend sein ermordetes Badezimmer putzte, klopften Boris und ein paar der Jungs an seine Tür.

Ah, scheiße nein. Sein Kater war noch nicht vergangen, und auch wenn er geduscht hatte, hing der saure Gestank des Versagens wie ein Gifthauch über ihm.

Allerdings konnte sich ein Gestaltwandler nicht vor einem anderen Gestaltwandler verstecken. Sie spürten sie immer auf.

»Mach die Tür auf, Eli«, befahl Reid, der laut klopfte.

»Geht weg. Ich glaube, ich bin krank.« Er täuschte ein Husten vor.

»Der Colonel ist weg, wenn es das ist, worum du dir Sorgen machst.«

Ein Colonel? Sie hatten jemanden von hohem Rang zu ihm geschickt. Es war fast schon faszinierend.

»Kann das nicht bis später warten?«, jammerte er und hasste sich umso mehr.

»Scheiß drauf.« Boris trat die Tür ein und entschied, einfach reinzukommen.

»Es war nicht abgeschlossen«, brüllte Eli.

»Meine Methode hat mehr Spaß gemacht«, brummte Boris.

Eli knurrte. »Geht weg.«

»Nein.« Boris verschränkte die Arme, während er für Reid, gefolgt von Brody, zur Seite trat. Zu viele große Männer und Persönlichkeiten in seinem Bereich.

Sie bedrängten ihn.

Das Lustige war, dass Eli einst ranghöher als sie alle gewesen war.

»Siehst nicht allzu gut aus, Eli«, begann Reid die Unterhaltung.

»Harte Nacht«, gab er zu. Das betraf sie alle.

»Ich habe gehört, du hattest gestern Besuch.«

Als könnte irgendjemand in einer Stadt voller Gestaltwandler Privatsphäre erwarten. »Den hatte ich. Aber ihr habt gesagt, sie sei jetzt weg?« Das sagte er voller Hoffnung. Er wollte ihre Missbilligung nicht im Tageslicht sehen.

»Ja. Sie ist weg. Und du hättest bei ihr sein sollen.«

Er schürzte die Lippen. »Ich bin nicht diensttauglich.«

»Das könntest du sein, wenn du einen Entzug machen würdest«, grummelte Boris.

»Sie wird einen anderen finden.«

»Was zur Hölle denkst du, wo sie einen anderen Adler mit deiner Erfahrung finden soll?« Brody schüttelte den Kopf. »Du denkst wirklich, sie wäre hierhergekommen, weil sie eine Wahl hatte?«

»Sie hätte anrufen können.«

»Das hat sie«, gab Reid unverblümt zurück. »Obwohl du vielleicht zu betrunken bist, um dich daran zu erinnern, dass ich es dir gesagt habe.«

»Hast du ihr gesagt, sie solle sich nicht die Mühe machen?«

»Das habe ich, und sie ist trotzdem gekommen. Was denkst du, woran das liegt?«, fragte Reid.

»Nicht meine Schuld, dass sie ihre Zeit verschwendet hat«, murmelte Eli.

»Sie würde ihre Zeit nicht verschwenden, wenn du aufhören würdest, dich zu suhlen«, merkte Boris an.

Eli konnte Boris nicht gerade vorwerfen, dass er es nicht verstand, da es der Mann sehr wohl tat. Er kämpfte gegen seine eigenen Dämonen an. »Ich bin nicht der Mann, den sie braucht.«

»Der könntest du sein, wenn du es versuchen würdest«, argumentierte Reid.

»Was, wenn ich das nicht will? Könnt ihr nicht sehen, dass ich der Welt einen Gefallen tue? Niemand will, dass eine betrunkene ehemalige Größe eine Mission versaut.« Eli hielt sich nicht zurück.

Boris tat das genauso wenig.

Er streckte Eli mit einer Faust nieder, die sich wie ein Felsbrocken anfühlte, und drehte ihm die Nase. »Wenn meine Frau und mein Kind sterben, nur weil du ein Feigling bist ...« Die Drohung hing in der Luft und Reid tat nichts, um etwas dagegen zu unternehmen.

Die Miene des Alphas enthielt nichts als Eis, als er sagte: »Der Mann, den ich kannte —«

»Existiert schon seit einer Weile nicht mehr.« Eli zog die Mundwinkel nach unten.

»Da liegst du falsch«, entgegnete Brody sanft. »Er ist immer noch da drin. Du musst nur wieder glauben, dass du würdig bist.«

»Aber das bin ich nicht.«

»Denkst du, das wäre irgendeiner von uns?«, war Reids Antwort, begleitet von einem schallenden Lachen. »Wir haben alle gelitten, Eli. Wir haben alle Fehler gemacht.«

»Wir haben die Albträume gelebt und das Leben gefürchtet«, fügte Boris hinzu.

»Aber der Unterschied zwischen dir und uns ist, dass wir uns nicht aufgegeben haben«, schloss Brody ab.

»Wirst du dein altes Geschwader wirklich im Stich lassen? Jemanden, der sie nicht kennt, ihre Mission fliegen lassen?«

»Was?« Sein Kopf bewegte sich ruckartig. »Wovon sprichst du? Ich dachte, die meisten von ihnen wären ausgetreten.« Ehrenhaft, im Gegensatz zu ihm.

»Ich habe gehört, ein paar von ihnen wurden zurück in den aktiven Dienst gerufen, und wie ich es verstehe, sind sie bereit zu fliegen.«

»Alle von ihnen?«

»Bis auf Loomis und Walker. Scheinbar bekommt

Loomis bald ein Kind und Walker hat einen gebrochenen Flügel.«

»Ich bin mir sicher, sie haben jemand anderen, der sie anführen kann.«

»Sicher haben sie das«, spottete Boris. »Deshalb ist der Colonel den ganzen Weg hierher geflogen und gefahren, um dich zu rekrutieren, weil wir alle wissen, dass gute Soldaten an Bäumen wachsen.«

Eli funkelte ihn an. »Nicht meine Schuld, dass sie ihre Zeit verschwendet hat.«

»Es ist nicht zu spät, um das Richtige zu tun«, schlug Reid vor.

Kodiak Point für die reale Welt verlassen? Allein die Vorstellung ließ seine Hände zittern, woraufhin er sie hinter seinen Rücken nahm. »Sie ist bereits weg.«

»Aber ihr Flugzeug hebt erst in einer Weile hab. Du könntest es rechtzeitig dorthin schaffen«, sagte Brody.

»Was, wenn ich es wieder vermassle?« Seine größte Angst.

»Was, wenn du den Unterschied zwischen Erfolg und Scheitern machst?«, gab Reid zurück.

Er brauchte den Großteil des Tages, um sich zu entscheiden, aber am frühen Nachmittag hatte er mit zitternden Händen, da er noch nichts getrunken hatte, seinen Pick-up beladen und war bereit.

Was der Moment war, in dem schließlich Gene vorbeikam. Er beäugte das alte Fahrzeug. »Fliegend wärst du besser dran.«

»Und dann nackt am Flughafen auftauchen?«

»Ist das die Ausrede, die du benutzen wirst? Denn wir wissen beide, wie man mit einer Tasche reist.«

»Sie sagte, der Flug würde erst in ein paar Tagen gehen. Ich habe Zeit.«

»Zeit wofür? Um es dir auszureden?«

Eigentlich brauchte er diese Zeit für eine Art Entzug. Eli schaffte nur eine zweistündige Fahrt, bevor ihn das Zittern überkam.

Er verbrachte eine kalte Nacht zitternd in seinem Wagen, wobei er sich wünschte, er hätte ein wenig Fusel mitgenommen. Irgendetwas. Er suchte jede noch so kleine Nische in seinem Fahrzeug ab in der Hoffnung, irgendetwas zu finden, wenn auch nur den Stummel eines Joints. Er zog es vor, die Tatsache zu vergessen, dass der dunkle Klumpen, den er fand und auf dem er herumkaute, kein Stück Haschisch war wie erhofft, sondern ein Stein. Wenigstens brach er sich keinen Zahn ab.

Er verbrachte die Nacht und den Großteil des nächsten Morgens als zitterndes Häufchen Elend, wobei er Stimmen lauschte, die ihn alle davon zu überzeugen versuchten aufzugeben.

Was, wenn er das nicht wollte?

Er hatte gedacht, sich nicht darum zu scheren, würde gegen den Schmerz in ihm helfen. Es schien ihn allerdings nur schlimmer zu machen.

Vor dem Vorfall war es Eli nur darum gegangen zu helfen, seinem Land zu dienen, sich würdig zu fühlen. Er gab es auf und die Welt wurde nicht besser. Er hasste, was aus ihm geworden war.

Vielleicht konnte er etwas Großes tun.

Mit Glanz und Gloria abdanken. Erlösung finden.

Er wälzte sich aus seinem Pick-up und entdeckte eine sehr kalte Pfütze Wasser. Er wusch sich das Gesicht und fuhr sich mit feuchten Fingern durch sein Haar.

Es war an der Zeit aufzubrechen. Er füllte seinen Tank mit einem Kanister von der Ladefläche, bevor er wieder losfuhr.

Zwei Stunden später gab der verdammte Wagen den Geist auf.

Ernsthaft? Er stieg aus, schlug auf die Seitenverkleidung ein und grummelte, während er sich in Bewegung setzte, in dem Wissen, dass er stur war und das Unausweichliche hinauszögerte. Als hätte das Karma es auf ihn abgesehen, traf er auf einen Eisbären mit schlechterer Laune als Gene und verlor seine Tasche.

Mittlerweile wusste er, dass er keine Wahl hatte. Er würde fliegen müssen. Er versuchte, seine Kleidung zusammenzunehmen, um sie in seinem Schnabel zu tragen.

Und wer hätte es gedacht?

Er verlor sie.

Was der Grund war, warum er splitterfasernackt im Hotel erschien.

KAPITEL VIER

Zur unsäglichen Stunde von drei Uhr morgens klopfte es an der Tür. Yvette grummelte und drehte sich um, wobei sie es ignorierte. Vermutlich ein Betrunkener.

Klopf, klopf. Und dann ein kehliges Knurren, das sie sofort die Augen öffnen ließ.

»Würden Sie verdammt noch mal aufmachen? Hier ist Eli.«

Der Captain! Hier? Sie wälzte sich in ihrem Flanellpyjama aus dem Bett. Angenehm und warm, denn in ihrem Alter ging es nur um Komfort. Die Waffe in ihrer Hand? Da ging es nur darum, niemals ein Opfer zu sein.

Sie hielt sie außer Sichtweite, als sie die Tür öffnete und den nackten Captain davor anstarrte, der mit den Händen seine Kronjuwelen bedeckte. Nicht so schlaff wie erwartet, aber der ausgemergelte Brustkorb zeigte die eindeutige Notwendigkeit von Nahrung.

»Verdammte Scheiße, was um Himmels willen?«, plapperte sie. Der Fluch purzelte aus ihr heraus, eine Abweichung von ihrer gewöhnlichen Fassung. Es war nicht so, dass sie nicht fluchen konnte. Sie hatte es bereits seit fast zwanzig Jahren mit dem Militär zu tun; es war so, dass sie sich dazu *entschied*, nicht zu fluchen, damit die Leute sie ernst nahmen. Als Frau in einem von Männern dominierten Bereich war es nötig, dass andere sie respektierten.

»Ich hatte auf dem Weg hierher Schwierigkeiten mit dem Motor«, erklärte Jacobs. »Ich musste den Rest des Weges fliegen.«

»Und Sie konnten unterwegs nicht irgendwelche Klamotten auftreiben, bevor Sie herkamen?«

»Können wir das drin besprechen? Es ist hier draußen ein wenig kühl.«

Manche Frauen hätten vielleicht gezögert, einen nackten Fremden in ihr Zimmer zu lassen. Diese Frauen schliefen vermutlich mit einem am Bein festgeschnallten Messer und wussten auch nicht, wie man mit verbundenen Augen eine Waffe demontierte oder lud.

Ein Mensch – der inaktive Gestaltwandler-Gene hatte – musste sich in einer kryptiden Welt schützen können, die gelegentlich an *Final Destination* erinnerte. Als ihr Vater erkannte, dass sie sich nicht verwandeln konnte, hatte er dafür gesorgt, dass sie lernte, wie sie sich behaupten konnte, obwohl sie Brüder hatte, die wortwörtlich diejenigen töten würden, die ihr wehtaten. Es hatte ihr mehr als einmal das Leben und die Tugend gerettet. Im Militär lernten diejenigen, die sie dominieren wollten, schnell – und blutig –, dass nein auch nein bedeutete.

Eli kam herein, zittrig und angespannt. Und er roch säuerlich. Da er nüchtern, wenn auch abgezehrt wirkte, konnte sie sich nur vorstellen, dass er einen Entzug machte. Interessant. Die wahre Frage war jedoch, ob es anhalten würde.

Anstatt zu sprechen, stürzte er sich sofort ins Badezimmer. Die Tür fiel zu und klickte, als er sie abschloss und die Dusche anstellte.

Ein Gähnen ließ ihren Kiefer knacken und sie musterte ihr Bett, dann die Badezimmertür. Sie hatte vermutlich ein paar Minuten. Mit der Waffe unter ihrem Kissen tauchte sie wieder unter die Decke und döste. Als er schließlich in einer Dampfwolke herauskam, öffnete sie die Augen und war sofort wachsam. Eine weitere in jungem Alter erlernte Fähigkeit in einem Haushalt, in dem drei ältere Brüder, ein Vater und mehrere Onkel Spaß daran hatten, Streiche zu spielen. Aber nicht ihrer Mutter. Sie hätte sie aufgehängt, ausbluten lassen und zum Abendessen zubereitet, wenn sie es versucht hätten.

Der jetzt wesentlich sauberere Captain stand unbeholfen da und sagte schließlich: »Tut mir leid, dass ich Sie geweckt habe. Ich wusste nicht, wohin ich sonst gehen sollte.«

Sie schürzte die Lippen. »Ist in Ordnung.« Sie betrachtete ihn genau. Die Dusche hatte ihm den Gestank genommen, aber er war noch immer ungepflegt, sein Haar war viel zu lang und sein Bart erinnerte stark an Rübezahl. Er würde Aufmerksamkeit auf sich ziehen. Sie würde bezüglich seines Aussehens etwas unternehmen müssen.

Mittlerweile war es kurz nach fünf Uhr morgens. Ihr Flug ging um sieben. Sie plante, um viertel vor sieben am Flughafen zu sein. Die üblichen Einsteigezeiten galten für sie nicht. Sie hatte einen besonderen Pass, der es ihr ermöglichte, jeden Flughafen zu betreten und die Sicherheitsmaßnahmen auszulassen. Bis zum Flughafen würde es mindestens dreißig Minuten dauern. Was bedeutete, dass sie innerhalb der nächsten Stunde und fünfzehn Minuten aufbrechen mussten. Da blieb nicht viel Zeit in einer Stadt, die sie nicht gut kannte.

»Also, äh, ich habe keine Kleidung, die ich anziehen könnte.« Die steifen Worte passten zu seiner Haltung, während er nur mit einem Handtuch um die Hüfte dastand, welches er praktisch umklammerte.

»Sie könnten sich etwas von mir ausleihen«, sagte sie skeptisch. »Ich weiß jedoch nicht, ob es auch nur annähernd passen würde. Sie sind groß. Meine Hose wäre an ihnen vermutlich nur wadenlang. Und ich bezweifle, dass meine Schuhe passen werden.« Sie beäugte seine übergroßen Füße mit den langen Zehen.

»Es ist zu früh zum Einkaufen«, dachte er laut nach. »Außerdem ist es draußen zu hell, um auf der Suche nach einer offenen Balkontür mit Kleidungsstücken in der richtigen Größe dahinter zu fliegen.«

»Diese Zeit haben wir nicht, als dass wir sie verschwenden könnten. Ich nehme an, Ihr Alpha hat Kontakte in der Stadt.«

»Vermutlich.«

Sie wählte bereits Reids Nummer, ohne sich darum zu scheren, ob sie ihn weckte.

Der Alpha von Kodiak Point nahm mit einem schläfrigen »Was hat Eli jetzt wieder angestellt?« ab.

»Er ist hier. Nackt. Kein Ausweis. Keine Hose. Nichts. Wir brechen in der nächsten Stunde auf.«

»Schon dran.« Reid legte auf und sie musste auf die Kompetenz des Mannes vertrauen. Sie würde nur ungern ihren Flug verspätet abheben lassen. Sie war bereits zu lange weg gewesen. Und wofür? Für einen Kerl, der aussah, als bräuchte er einen Urlaub mit drei Mahlzeiten pro Tag.

Da die Situation mit der Kleidung und dem Ausweis geklärt war, wandte sie sich dem Captain zu und schürzte die Lippen. »Sie brauchen einen Haarschnitt.«

Seine Hand landete in seinem Haar. »Es ist eine Weile her.«

»Meinen Sie?«, kam ihre sarkastische Antwort.

Die Schere in dem Nähkästchen würde nicht ausreichen. Sie rief an der Rezeption an, wo sie um eine Schere und eine Packung Einwegrasierer bat – denn einer würde nicht ausreichen.

Als sie auflegte, flippte er aus. »Sie werden mir nicht die Haare schneiden.«

»Würden Sie es lieber selbst tun? Oder wollen Sie mir sagen, dass Sie Freude daran haben, so auszusehen, als wären Sie von Wölfen großgezogen worden?«

Er spannte den Kiefer an. »Ich würde lieber zu einem richtigen Friseur gehen.«

»Dafür haben wir keine Zeit, da Sie auf dem Weg hierher Zeit verplempert haben.«

Seine Miene wurde ungläubig. »Mein Wagen ist liegen geblieben. Dann hat mich ein Bär angegriffen und mir meine Sachen weggenommen. Und die Kälte hat meine Federn vereist, was das Fliegen erschwert hat.«

»Noch irgendwelche Ausreden, Captain?«, fragte sie und ging zur Tür, als jemand klopfte. Ein Hotelangestellter stand mit den Sachen da, um die sie gebeten hatte, woraufhin sie ihm einen Zwanziger zusteckte. Wenn man gutes Trinkgeld gab, scheuten die Leute keinerlei Mühe, um sofort zu helfen.

»Muss das jetzt sein?« Er beäugte die Werkzeuge voller Beklemmung.

»Sie sind wieder im Dienst, Captain. Laut der Vorschriften ist Ihr Haar zu lang.« Dann hatte sie Mitleid mit ihm. »Machen Sie sich nicht so viele Sorgen. Ich kann Haare schneiden. Ich habe meiner Mutter ständig bei meinen Brüdern geholfen.«

»Wie viele Brüder haben Sie?«

»Drei.«

»Scheiße.«

Sie konnte nicht anders, als zu grinsen, als sie schelmisch hinzufügte: »Raten Sie mal, was sie tun würden, wenn sie wüssten, dass Sie nackt in meinem Zimmer aufgetaucht sind.«

»Mich umbringen?«, erwiderte er so voller Hoffnung, dass sie ihn beinahe ohrfeigte. Der Mann musste wirklich seine Eier finden.

»Oder Sie dazu zwingen, mich zu heiraten. Scheinbar werde ich langsam alt.«

»Sie sind wie alt, Anfang zwanzig?«

Sie blinzelte. »Neununddreißig trifft es wohl eher.«

»Oh. Sie sehen jünger aus.«

Keine Frau hätte roten Wangen und ausbrechender Freude widerstehen können, besonders da Eli den Kopf senkte. »Setzen Sie sich, damit ich Sie kämmen kann«, befahl sie, wobei sie mit dem dünnen Kamm wedelte, der heraufgeschickt worden war.

»Können wir es an den Seiten kurz und oben ein wenig länger machen?«

»Vielleicht. Das hängt davon ab, wie brav Sie sind. Das wird ein paar Minuten dauern. Wenn Sie anfangen rumzuzappeln, werde ich eine Schüssel holen«, drohte sie.

Seine Lippen zuckten. »Ja, Ma'am.« Er setzte sich sittsam hin, die Beine zusammen, die Hände im Schoß und stocksteif. Noch mehr, als sie hinter ihm auf das Bett kroch. Das Zimmer hatte zwei Betten, eine Kommode und keinen Platz für etwas anderes. Selbst im Sitzen war er viel zu groß für sie, um zu stehen und ihn vernünftig zu erreichen.

Während sie schnitt und seine Haare überall landeten – was eine Reinigungsrechnung bedeuten würde –, konnte sie nicht umhin, ihn zu fragen: »Warum haben Sie es sich anders überlegt?« Denn er hatte sehr darauf beharrt, nicht zu kommen.

»Ich könnte Ihnen eine Liste mit Gründen geben. Aber die würden mich wie jemand klingen lassen, der seine Ehre wiedererlangen will. Die schlichte Wahrheit ist jedoch … ich habe Angst.«

»Vor der Mission?«

»Nein. Davor, gar nichts zu tun. Was, wenn ich einen Unterschied machen kann? Aber was, wenn ich die Dinge nur schlimmer mache?«

Schnipp, schnipp. »Keine inspirierende Selbstsicherheit, Captain.«

Er verzog das Gesicht. »Was bedeutet, dass ich an meiner Rede arbeiten sollte.«

»An wen?«, fragte sie, wobei sie weiterschnitt, die Form seines Kopfes fand und das feuchte, saubere Gefühl der Haarsträhnen genoss.

»An mein Geschwader.«

»Ihr Geschwader?« Sie hielt inne. »Es tut mir leid, aber Sie liegen falsch. Sie bekommen nicht das Kommando über Ihre Staffel zurück.«

»Aber Sie sagten, ich würde zurück in den aktiven Dienst geholt.«

»Dienst, ja, aber in anderem Umfang als zuvor.«

»Inwiefern?« Er reckte den Hals, um sie anzusehen. »Was erwarten Sie von mir?«

Sie drehte seinen Kopf, dann fuhr sie mit dem Schneiden fort. »Dass Sie der Eiserne Adler der Lüfte sind. Ich habe von Ihren Heldentaten gehört.« Obwohl sie sich in einigen derselben Kreise bewegten, hatten sich ihre Wege nie gekreuzt. »Sie wurden rekrutiert, weil Sie fliegen können. Sie wissen bereits, wie man während des Fluges der Formation folgt. Die Frage ist, können Sie Anweisungen entgegennehmen?«

»Ja, ich kann Befehle annehmen«, erwiderte er steif. »Wen haben Sie als Geschwaderführer ausgewählt? Von der alten Crew, wenn ich wählen müsste, würde ich Curry sagen. Er ist jetzt Captain, wie ich höre.«

»Falsch.« Sie hob ihr Kinn, als sie sagte: »Der Verantwortliche für das Kryptaviare Geschwader«, der ausgefallene Name für ihre besondere Fluggruppe, »bin ich.«

KAPITEL FÜNF

Als der Colonel verkündete, dass Sie die Leitung hatte, konnte Eli nicht anders, als zu erwidern: »Schwachsinn.«

»Ich versichere Ihnen, es ist die Wahrheit.«

»Das glaube ich nicht.« Er schüttelte den Kopf.

»Warum sollte ich lügen? Und ich möchte hinzufügen, dass es keinen Sinn macht weiterzumachen, wenn Sie damit nicht umgehen können. Verschwinden Sie und gehen Sie nach Hause.«

Mit halb geschnittenem Haar stand Eli dennoch auf und drehte sich zu Yvette um. Immer noch zu einhundert Prozent menschlich. An dem Abend, an dem sie sich getroffen hatten, war er nicht zu einhundert Prozent sicher gewesen, da seine Sinne durch den Alkohol vernebelt wurden, aber so nahe bei ihr war es unverkennbar. »Und wie genau können Sie ohne Flügel der Geschwaderführer für ein Flugteam sein?«

»Wer sagt, dass ich keine habe?« Sie zog eine Augenbraue hoch.

Einen Moment lang zweifelte er seine Einschätzung an und musterte sie erneut. Eine Frau, wohlgeformt und trainiert. Er roch viele Dinge an ihr: Hotelseife, den Moschus ihrer Weiblichkeit, ein gewisses Etwas, das in ihm den Drang auslöste, seinen Kopf an ihr zu reiben ... aber kein Tier. Kein Fell, keine Federn, keine Schuppen und keine ledrige Haut. Seiner sicher sagte er: »Sie verwandeln sich nicht.«

»Da liegen Sie richtig. Das tue ich nicht. Ich bin inaktiv.« Das bedeutete, dass sie das Kind von Gestaltwandlern war, sich jedoch nicht verwandeln konnte. Das passierte, vor allem bei gemischten Ehen mit Menschen.

»Sind Sie Pilotin?«, fragte er, immer noch in dem Versuch herauszufinden, wie sie dachte, sie könne ein fliegendes Geschwader anführen.

»Mehr ein Jockey. Ich habe ein Fluggerät für die Lüfte.«

Er zog die Lippen zurück. »Sie bräuchten einen Adler, der sie trägt.« Es war zu seiner Zeit ein paarmal passiert, dass sie darum gebeten wurden, Menschen herumzuschleppen. Allerdings nicht oft, da es für beide gefährlich war. Da musste man nur den General fragen, der während einer Trainingsmission versehentlich in einem Schweinestall gelandet war.

»Seien Sie nicht albern. Wie um alles in der Welt sollte ich kämpfen, während ich von jemandes Krallen baumle?« Sie prustete.

»Wie dann? Jetpack?« Er konnte die Verzweiflung

nicht zurückhalten, da diese Unterhaltung viel zu lange dauerte.

»Sie werden sehen.«

Würde er das? Denn aktuell zweifelte er seine Entscheidung an, sich ihr angeschlossen zu haben. Er war gekommen, weil er angenommen hatte, sie bräuchten ihn als Anführer. Aber von ihm zu erwarten, ein einfacher Soldat zu sein, der Befehle entgegennahm –

Eine Aufgabe, nur ohne dieselbe Art von Verantwortlichkeit. Er musste nur zustimmen, einem Menschen zu gehorchen.

Er schüttelte den Kopf. »Ich verstehe nicht, wie das funktionieren soll. Ein Teil unserer Fähigkeit, als Team gut zusammenzuarbeiten, kommt daher, dem Anführer der Staffel zu folgen. Davon, auf ihn abgestimmt zu sein.«

»Vielleicht sollten Sie meine Methoden erst in Aktion sehen, bevor sie sie schlechtmachen.«

Er schloss den Mund. Da hatte sie nicht unrecht.

Sie wedelte mit der Schere. »Hinsetzen. Wir müssen das hier beenden.«

Sie fuchtelte ununterbrochen mit der Schere herum, selbst an seinem Bart, was bedeutete, dass sie innerhalb seiner kleinen Blase stand. Er konnte nicht umhin, ihren Duft einzuatmen. Warum war er so stark? Und warum beeinträchtigte er ihn so sehr? Wie lange war es her, dass er einer Frau nüchtern so nahe gewesen war? Sich seiner bewusst und pulsierend. Die Hände in seinem Schoß verbargen seine Erektion.

Als jemand an die Tür klopfte, schickte sie ihn mit

einer letzten Bewegung des Rasierers los. »Duschen Sie schnell, während ich mich darum kümmere.«

Er ging eilig ins Badezimmer, wo er sich gerade noch daran erinnerte, die Tür abzuschließen, bevor er unter die kalte Dusche sprang. Es wäre nicht richtig, sich einen runterzuholen, während er an sie dachte, nicht, wenn sie im Zimmer nebenan war. Es fühlte sich irgendwie respektlos an. Also stand er unter dem eiskalten Regen, bis sein Sack so sehr zusammenschrumpelte, dass eine Hitzewelle nötig wäre, um seine Eier herauszulocken.

In dem Moment, in dem er das Wasser abstellte, klopfte sie an. »Kleidung. Auf dem Boden, wenn Sie die Tür öffnen. Machen Sie schon. Sie haben weniger als fünf Minuten, wenn Sie Frühstück wollen.«

Essen?

Oh scheiße, ja. Er glitt förmlich in die Kleidung hinein, die er in das Zimmer gezogen hatte. Es waren sogar eine Zahnbürste und ein schnell hergestellter Ausweis dabei, der noch durch die Maschine, die das Plastik gravierte, warm war – die Vorteile, ehemalige Soldaten mit entsprechenden Kontakten zu kennen.

Apropos, er bemerkte, dass der Colonel in Zivilkleidung reiste. Das war ungewöhnlich, wenn man bedachte, dass sie in Uniform die besten Vorteile bekamen. Auf der anderen Seite waren die Gestaltwandler-Divisionen von der streng geheimen Art.

Er kam heraus und fand den Colonel mit einer Tüte Fast Food in der einen Hand vor, die andere erhoben, damit sie auf ihre Armbanduhr sehen konnte. »Zwei Minuten früher fertig. Hervorragend. Bitte bringen Sie das Gepäck mit. Unser Taxi ist da.«

Er hätte sie anblaffen können. Wie konnte sie es wagen, ihn herumzukommandieren?

Sie hatte einen höheren Dienstgrad als er. Daran sollte er besser denken. »Ja, Ma'am.«

Ihre Miene änderte sich nicht, und doch hätte er schwören können, dass er soeben eine Art Test bestanden hatte.

Sie verließen das Hotel und dem Geruch nach zu urteilen war ihr Taxifahrer ein Gestaltwandler – möglicherweise Bison. Es erinnerte ihn an ein Rib-Eye-Steak. Erst als sie auf das Rollfeld fuhren, nicht zum Terminal, hatte Eli Fragen.

»Fliegen wir mit einem Privatjet?«

»Ja.«

Was sie nicht erwähnte, war, dass es die alles andere als luxuriöse Version war.

Das Flugzeug war ein umgebauter Passagierjet, angepasst für den Frachttransport, was bedeutete, dass sein Sitzplatz von der Art war, der heruntergeklappt wurde und es erforderlich machte, dass der Passagier mit mehreren Gurten gesichert wurde. Die Isolierung half kaum gegen die Kälte, als sie abhoben.

Er verzog das Gesicht. »Fliegen Sie immer Fracht-Klasse?«

Sie saß neben ihm und klang belustigt, als sie antwortete: »Kommen Sie schon, so schlimm ist es nicht. Ich habe dafür gesorgt, dass jemand Mittagessen und einen Snack bringt.«

»Essen?« Das Frühstück hatte kaum begonnen, das leere Loch in seinem Magen zu füllen.

»Lassen Sie mich sehen, was Sie eingepackt haben.« Sie stand auf und ging auf eine Kühlbox zu, durch deren Griff einige Gurte gezogen waren. Sie holte sie, während er seine Sicherung löste und aufstand.

In mancher Hinsicht funktionierte diese Art des Reisens besser. Er konnte sich frei bewegen, ohne dass ihm andere Passagiere oder die Flugbegleiterinnen Probleme machten. Ein kurzer Spaziergang durch den Gang zeigte Frachtladung, die den Raum ausfüllte – überwiegend versiegelte Container. Ganz vorn beim Cockpit befand sich der Waschraum, also war dieser Aspekt abgedeckt. Hinten hingen Fallschirme an Haken – nicht sehr beruhigend.

Als er zurückkehrte, lag Essen ausgebreitet da. Obst. Belegte Brote. Saftkartons. Was vielleicht kindisch klang, aber im Einsatz waren sie praktisch.

»Hunger?«

Es machte keinen Sinn zu lügen, wenn sein Magen knurrte. »Ich hätte nichts gegen ein paar Bissen.«

Es war, als hätte sie es gewusst und mehr als genug bestellt, um ihn vor seinem Nickerchen zu sättigen, und auch ein paar Stunden später, als er hungrig aufwachte. Das Essen half gegen das Zittern in seinen Händen. Es war eine Weile her, seit er so nüchtern gewesen war.

Während er sich wunderte, wie lange es noch

dauern würde, sagte sie schließlich: »Sind Sie bereit, den Rest des Kryptaviaren Geschwaders zu treffen?«

»Sind wir bald da?« Er hatte nicht die Triebwerkveränderung gehört, die darauf hindeutete, dass sie für den Sinkflug langsamer wurden.

»Jup.« Sie stand auf und ging nach hinten. Er dachte sich nichts dabei, bis die ganze Luft herausgezogen wurde, da die Druckversiegelung des Flugzeugs gebrochen wurde.

Sie hatte eine Tür geöffnet! Er setzte sich schnell in Bewegung und entdeckte sie an der offenen Rettungsklappe.

»Was tun Sie da?«, brüllte er über das Dröhnen des Motors und den Sog hinweg.

Sie drehte sich zu ihm um, wobei sie ihm eine Schutzbrille und ein Grinsen zeigte, das nichts Gutes verhieß. »Hier steigen wir aus.«

Dann sprang der verrückte Colonel – ohne ihren Fallschirm!

KAPITEL SECHS

Wie konnte der Colonel ihren Fallschirm vergessen haben? Eli erlitt einen Moment der Panik, als sie nach unten stürzte. Er musste helfen, aber wenn er sich verwandelte, würde er nackt ankommen – erneut.

Er beäugte die Fallschirme. Schnell zog er sich einen wie einen Rucksack über eine Schulter und schnappte sich einen zweiten, bevor er ihr hinterhersprang.

Sie hatte einen Vorsprung. Er konnte sie sehen, ein Fleck in der Ferne, kurz vor dem Eintritt in die ausgebreiteten Wolken. Was ihn erkennen ließ, dass ihm der Zug des Fallschirms nichts bringen würde. Mit einem unhandlichen Fallschirm würde er sie nie erreichen.

Er zog sich so schnell aus, dass er eine Socke vergaß. Als er sich verwandelte, blieb sie an seinen Krallen hängen. Wenigstens nicht so entmannend wie weiße Boxershorts. Der arme Thomas wurde nie die Witze darüber los.

Mit schlagenden Flügeln schoss Eli in die Richtung, in der er den Colonel zuletzt gesehen hatte, wobei er in die weiße Wolkendecke eindrang, die den Boden darunter verdeckte. Es war sinnlos, ihren Namen zu rufen, denn sie würde ihn nie hören. Er traf auf die feuchten, fluffigen Kumuluswolken und seine Sinne wurden gedämpft. Seine Sicht war eingeschränkt. Geräusche waren dumpf. Sich bewegende Wolken konnten den Augen Streiche spielen und ihn dazu verleiten zu denken, dass andere Dinge hier bei ihm wären. Bewegliche Formen, die in dem Moment verschwanden, in dem er sie direkt ansah.

Er flog in einem bestimmten Winkel, so schnell wie seine Flügel ihn tragen konnten, was etwas schneller als ein fallender Körper war. Vor ihm erschien etwas Dunkles, als die Wolken eine Sekunde lang dünner wurden. Er steuerte darauf zu, aber es kam aus dem Weiß heraus, bevor er erreichte, was er gesehen hatte.

Was, wie sich herausstellte, nichts war, denn plötzlich sah er den Colonel tiefer unten als erwartet, die Arme und Beine ausgestreckt wie ein Seestern, nur wenige Flügelschläge entfernt –

Etwas mit galoppierenden Hufen, wehender Mähne und Flügeln – verdammt großen, unmöglichen Flügeln – tauchte unter dem Colonel auf und fing sie ab!

Eine Unmöglichkeit, die ihn dazu brachte, die Augen zu schließen und den Kopf zu schütteln.

Ich habe gerade kein fliegendes Pferd gesehen.

Als er erneut hinsah, waren der Colonel und das Ding, das nicht existieren sollte, verschwunden. Aber unter ihm, am Boden, etwas ihm Bekanntes. Ein Militär-Zeltlager – offenbar der Ort, an den sie gereist waren. Da der Colonel gepackt worden war, erstattete er wohl besser Bericht. Das Problem war, sollte er als Adler inmitten eines fremden Lagers landen, oder splitterfasernackt hineinlaufen? Ja, Gestaltwandler hatten weniger Skrupel, was die Nacktheit betraf, aber das bedeutete nicht, dass er mit freihängendem Schwanz diese Leute zum ersten Mal treffen wollte.

Verdammt. Vielleicht sollte er stattdessen lieber nach dem Colonel suchen.

Er wäre vielleicht zurück in diese Wolken geflogen, wenn er nicht ein bekanntes Pfeifen in der Luft gehört hätte.

Sein ehemaliger Oberleutnant – jetzt Captain – Curry gab Entwarnung und schoss dann einen Moment später an ihm vorbei. Seine Federn waren ein wenig grauer als zuvor, aber verdammt, wenn es nicht schön war, seinen alten Freund zu sehen.

Da Curry sich dem Boden näherte, setzte Eli zur Landung an, wobei er sich fragte, was er den Jungs erzählen sollte, wenn sie fragten, was dem Colonel widerfahren war. Vielleicht sollte er direkt zur medizinischen Untersuchung gehen, denn es war ausgeschlossen, dass er ein fliegendes Pferd mit Flügeln gesehen hatte. Der Pegasus aus den Sagen war nicht real.

Nein.

Ausgeschlossen.

In dem Moment, in dem er landete, liefen Soldaten in braunen Tarnanzügen aus einem Zelt heraus, ein Bündel Kleidung unter dem Arm.

»Captain!« Die Person – dem Abzeichen nach Hauptgefreiter, auf dem Aufnäher war der Name Tucker zu lesen – hielt die Kleidung an seine Brust und salutierte.

Nun war nichts weiter zu tun, als die Gestalt zu wandeln. Mit zurückgezogenen Schultern erwiderte Eli den Salut, wobei er die Tatsache ignorierte, dass er nackt war. Es half, dass Curry in der Nähe war und von einem anderen Gefreiten dieselbe Behandlung bekam.

Als Eli die Hose und das Hemd nahm, sprach er seinen alten Freund an. »Curry, schön, dich zu sehen.«

»Dich auch, Captain. Siehst ein wenig drahtig aus. Füttern sie dich in Alaska nicht?«, zog Curry ihn auf.

Anstatt zu antworten und zuzugeben, dass die Schuld bei ihm lag, berichtete er: »Ein unbekanntes Flugobjekt scheint den Colonel gepackt zu haben. Wir müssen eine Kampftruppe losschicken, um sie zurückzuholen.«

»Oh, ein unbekanntes Flugobjekt. Klingt ernsthaft böse. War es groß? Hatte es Reißzähne? Große Krallen?«, fragte eine Frau, die aus einem der Zelte kam. Anstatt eines braunen Tarnanzuges trug sie einen weißen und ihr Haar war silbrig und kurz. Als sie näher kam, konnte er nicht umhin zu bemerken, dass sie einen seltsamen Duft verströmte.

»Das ist kein Scherz. Der Colonel braucht unsere Hilfe«, sagte Eli weniger überzeugt als zuvor, da er die fehlende Sorge bei allen um ihn herum bemerkte.

Die Frau winkte ab. »Es geht ihr gut.«

»Woher wissen Sie, dass es ihr gut geht?«

»Weil das kein unbekanntes Flugobjekt am Himmel war.«

Hinter Eli antwortete eine weitere Frauenstimme: »Wenn er denkt, dass dieses süße Ding böse aussieht, dann warte nur ab, bis er einen Blick auf uns wirft.«

Ein Blick zeigte eine zweite Frau in Weiß. Sie trug eine tief sitzende Cargohose, ein enges weißes T-Shirt und ihr Haar war wie ein Heiligenschein, der ein Gesicht mit strahlenden Augen umrahmte. Und sie verströmte denselben seltsamen Duft.

»Was seid ihr?« Er ließ den Blick zwischen den beiden Frauen hin und her wandern.

»Rate doch mal«, zog ihn die Frau in Kampfhosen auf.

Die mit den kurzen Haaren schüttelte den Kopf. »Jetzt, Babs, kannst du an seinem Gesicht erkennen, dass er nicht die geringste Ahnung hat.«

»Was ihn zu einem dummen Huhn macht. Welches ich, laut der Gesetze des Gremiums, essen darf«, verkündete die Frau namens Babs.

»Huhn?« Er streckte seine Brust vor, als er sie korrigierte. »Ich bin ein Adler.«

»Bist du sicher? Ich dachte, die wären klüger.

Dieses süße Pony als unbekanntes Flugobjekt zu bezeichnen.«

»Sie meinen, ich habe es mir nicht eingebildet?« Es war fast eine Erleichterung zu wissen, dass er keinen psychischen Zusammenbruch erlitt.

»Nein. Jaimie ist echt. Und wenn es dich irgendwie tröstet, bevor ich herkam, hatte ich auch noch nie ein fliegendes Pferd gesehen«, erwiderte die kurzhaarige Frau.

»Ich wette, sie schmecken köstlich«, murmelte die andere.

Das ignorierte er, um zu fragen: »Wo ist hier?« Trotz des Erscheinungsbildes aus der Luft war es auf dem Boden offensichtlich, dass das hier anders war als jeder Militärstützpunkt, den er kannte. Die Uniformen waren ein einziges Durcheinander. Die Frauen, die mit ihm redeten, trugen keinen Dienstgrad und hatten doch ein autoritäres Auftreten.

»Willkommen in der Area 69«, verkündete Babs mit einem lasziven Zwinkern.

Er runzelte die Stirn. »Es gibt keine Area 69.«

»Sicherlich hast du die Gerüchte gehört.«

»Na ja, schon, ich habe davon gehört. Und alle wissen, dass sie nicht wirklich existiert.« Sie scherzten während des Biertrinkens darüber. Area 69 – von der man für gewöhnlich auf obszöne Weise und mit schallendem Gelächter sprach – war die angebliche Gestaltwandler-Version der Area 51.

»Überraschung! Sie ist echt!«, rief Babs.

»Ernsthaft? Sie meinen, alle hier sind Gestaltwandler?« Das war neu für ihn. Zuvor hatten die hohen Tiere das Geschwader und ihn unter die gewöhnlichen menschlichen Truppen gemischt und sie nur herausgeholt, wenn sie auf einer Mission waren, wo sie niemand sehen konnte.

»Überwiegend. Wir haben ein paar Leute, die irgendwie banal sind, aber wir tolerieren sie, da unser König sagt, dass wir Menschen nicht als Sport töten dürfen.« Das kam mit einem leidgeprüften Seufzen von der Kurzhaarigen.

»Und wir dürfen sie nicht essen, nicht einmal die dummen.« Babs schien über diese Vorstellung verärgert zu sein.

Währenddessen versuchte er immer noch, sie zu platzieren. Sie erinnerten ihn an ein Reptil, das er einst gekannt hatte, Caleb oder so ähnlich, ein Krokodil aus dem Süden. Aber die Damen hatten den Anflug von etwas, das … exotischer war. »Ich bin Captain Jacobs. Und Sie sind?«, setzte er die Vorstellung in Gang.

»Adi Silvergrace. Und meine Cousine Babette hast du schon kennengelernt.«

»Ich ziehe Babs vor, du kannst mich aber auch die Knallharte nennen«, sagte Babs mit einer Kopfbewegung.

»Silvergrace.« Er sprach den Nachnamen laut aus. »Kommt mir bekannt vor.«

Curry hustete an seiner Seite. »Äh, hast du in letzter Zeit gar nicht die Nachrichten gesehen?«

Obwohl er wusste, dass ihm die Leute gewisse Blicke zuwerfen würden, gab Eli die Wahrheit zu. »Ich sehe nicht viel fern.« Er erwähnte nicht, dass er sich vor ein paar Tagen kaum an seinen Namen hatte erinnern können, da er so betrunken gewesen war. Apropos, er wollte wirklich etwas Feuriges in seinem Bauch haben.

Adi betrachtete ihn von oben bis unten. »Schwer zu glauben, dass du der große und berüchtigte Eiserne Adler bist, von dem wir alle gehört haben. Du bist schrecklich dünn.« Sie rümpfte die Nase.

»Und ein Kerl, was eine Schande ist«, fügte Babs hinzu.

Adi war noch nicht fertig. »Wie lange ist es her, seit du geflogen bist? Du hast in der Luft ein wenig zittrig gewirkt.«

Und wieder war es nicht nötig zu erwähnen, dass er immer noch auf Entzug war. »Ich bin in eine starke Strömung geraten.«

»Ha. Du bist wohl eher außer Form und aus der Übung. Gut, dass wir hier sind, um den Tag zu retten«, gab Adi zurück.

»Keine Sorge, Hühnermann, wir werden dich beschützen.« Babs, auch wenn sie kleiner war als Eli, tätschelte ihm dennoch den Arm.

Bei dieser Geschwindigkeit der Entmannung würde sich seine Männlichkeit vielleicht nie wieder erholen. »Wer hat hier das Sagen?«

»Ich«, sagten Adi und Babs gleichzeitig.

»Ihr steht rangmäßig über dem Colonel?«, fragte er skeptisch.

»Wir stehen rangmäßig über jedem Gestaltwandler, den es gibt«, verkündete Adi mit hochgerecktem Kinn.

»Und ich stehe noch höher als sie, da ich niemals einen Mann geheiratet habe, der im Rang unter mir steht.« Babs warf ihr Haar erneut auf eine Seite.

Daraufhin wurde Adis Blick finster. »Dex ist nicht unter mir. Es sei denn, wir haben Sex.«

Eli blinzelte.

Dann verschluckte er sich beinahe, als Babs zurückgab: »Du solltest versuchen, ihm öfter einen zu blasen, damit wir es uns nicht anhören müssen. Würde es euch umbringen, leise zu sein?«

»Sei nicht neidisch, nur weil ich flachgelegt werde. Jede. Nacht.«

»Kuh!«

»Büffel!«

Ein plötzliches Schimmern folgte den Beleidigungen, als sich die beiden Frauen verwandelten und schließlich ihre andere Gestalt offenbarten.

Eli fiel die Kinnlade herunter, als die riesigen, geflügelten Bestien erschienen. *Drachen!*

KAPITEL SIEBEN

Der Captain hob immer noch seine Kinnlade wieder auf, als Yvette landete und ihr Reittier in einen anmutigen Trab überging, bevor es stehen blieb. Sie glitt von dem Rücken der geflügelten Stute, die sie bei Missionen ritt. Jaimie, mit der sie seit der Highschool befreundet war, hatte keinerlei Instinkt, wenn es um den Kampf ging, aber sie wusste, wie man flog. Yvette war das Gehirn und die zusätzliche offensive Unterstützung, da sie immer eine Waffe bei sich trug. Sie war in der Vergangenheit nicht allzu oft auf einem Einsatz gewesen. Die Leute neigten dazu, Frauen zu bemerken, die ein fliegendes Ross ritten und bis zu den Zähnen bewaffnet waren. Obwohl seltsame Dinge heutzutage immer normaler wurden.

Dennoch war es am besten, die Menschen nicht mit zu viel auf einmal zu überwältigen. Das war der Grund, warum sie in einem speziellen Zweig des Militärs diente, von dem nicht einmal die Regierung wusste und der von dem Gestaltwandlergremium geleitet wurde, das sie alle beschützte.

Als sie sich dem Captain näherte, kam er wieder zur Besinnung, nur um sie prompt wieder zu verlieren, während er plapperte: »Sie fliegen Pegasus.«

Ihre Freundin hob einen Huf und wieherte.

Yvette schürzte die Lippen. »Ihr Name ist Jaimie. Oder, wenn Sie ihren Dienstgrad vorziehen, First Lieutenant Jameson.« Jaimies Mutter hatte ihr einen guten Namen gegeben, bevor sie Ehemann Nummer zwei traf, der das kleine Mädchen adoptierte, das von seinem Vater verlassen worden war.

»Ein gestaltwandelndes Pferd. Ich will verdammt sein.«

»Sagt der Adler, der in einer Stadt mit Bären, Wölfen, Luchsen, Tigern, Elchen, Rentieren, Füchsen und so weiter gelebt hat.« Sie zählte die verschiedenen Spezies auf, was aber nicht half, die Wildheit in seinem Gesicht zu zügeln.

»Verdammt.« Er ließ den Blick zu den Drachen wandern, die vom Boden gen Himmel abgehoben hatten. Sie rangen und kämpften über ihren Köpfen. Sie waren geschmeidig und wunderschön, und ihre Anmut, während sie die Luftströme zu ihrem Vorteil nutzten, war absolut umwerfend.

»Wunderschön«, murmelte er.

Das brachte ihm einen Schlag ein. Aber nicht von Yvette. Ein Blick zeigte einen recht großen Kerl, der brummte: »Hör auf, meine Frau so anzuglotzen.«

»Deine Frau?«, murmelte Eli.

Yvette verbarg ein Grinsen. »Captain Jacobs, das

ist Dex, der Ehemann von Adi Silvergrace.« Sie blickte zum Himmel, wo die geschmeidigen Gestalten immer noch spielerisch miteinander kämpften.

Der Captain hatte immer noch nicht alle fünf Sinne wiedergefunden, als er sagte: »Du hast einen verdammten Drachen geheiratet?«

»Ja, und es gefällt mir nicht, wenn Kerle sie anstarren.« Dex verschränkte die Arme, was seinen beeindruckenden Bizeps zum Vorschein brachte – nicht dass der Captain bei der Drohung zurückwich.

Er wusste jedoch, wann er sich zu entschuldigen hatte. »Tut mir leid. Ich bin nur nicht daran gewöhnt, Drachen zu sehen.«

»Hmpf«, kam die wenig beeindruckte Antwort. »Du bist dieser Adlertyp.«

Der Captain spannte sich an. »Ja.«

»Fischst du?« Eine seltsame Frage von Dex.

»Äh, ja.«

»Mit der Angel oder mit den Krallen?«

»Überwiegend mit den Krallen«, erwiderte Eli.

»Cool. Wenn du das nächste Mal fischen gehst, bring mir etwas Frisches mit und ich werde es kochen.« Damit wandte Dex sich zum Gehen und ließ einen verwirrten Captain zurück.

Jacobs blinzelte. »Was ist gerade passiert?«

»Ich glaube, Sie haben soeben Pläne zum Abendessen gemacht.«

»Aber warum?«

»Vielleicht weil er Sie trotz Ihrer strahlenden Persönlichkeit mochte.«

Er verzog das Gesicht. »Ich bin nicht hier, um Freunde zu finden.«

»Natürlich nicht, ansonsten würden Sie nicht versuchen, den Ehemann eines Drachens zu verärgern.«

Er blickte nach oben. »Meine Güte.«

»Ich nehme an, Sie sind zum ersten Mal auf einen Drachen getroffen?«

»Ja.«

»Kurze Zusammenfassung. Drachen existieren. Sie sind arrogant, können aber vernünftig kämpfen. Scheinbar haben sie, anstatt sich weiter zu verstecken, entschieden, ihre Hilfe anzubieten.«

Er stieß einen Pfiff aus. »Ist das nicht seltsam? Drachen, die für das Militär arbeiten.«

»Sie arbeiten nicht wirklich für uns. Sie neigen dazu, ihr eigenes Ding zu machen.« Sie seufzte, da sie keine Ahnung hatte, wie sie es in der vorhergesehenen Zeit schaffen sollte.

Er rieb sich mit einer Hand über sein kürzlich geschorenes Haar. »Sollte ich bis auf die Drachen und fliegenden Pferde noch etwas wissen?«

»Haben Sie von den Dschinns gehört?«

»Kaum.«

»Haben Sie die Nachrichten verfolgt?«

»Nein.«

»Na ja, dann wollen Sie das vielleicht nachholen, denn Dschinns existieren, und sie sind nicht von der fröhlichen blauen Art, die in Filmen singt. Sie sind gewalttätig und versuchen, irgendein Portal zu einer anderen Dimension zu öffnen, um den Vater aller Dschinns herzuholen, damit er die Welt beherrscht.«

Eli brauchte einen Moment, um ihre Aussage zu verdauen. »Ich verstehe.«

»Oh, und die apokalyptischen Reiter sind auferstanden, aber es stellt sich heraus, dass sie irgendeine Art lang verschollener Drache sind, die beim Kampf gegen die Dschinns helfen sollen.«

Der arme Captain nahm es auf und sagte: »Bin ich betrunken?«

Aus irgendeinem Grund lächelte sie. »Klingt nach einem halluzinogenen Rausch, aber ich versichere Ihnen, auch wenn es die Kurzversion ist, es ist die Wahrheit.«

»Ich nehme an, deshalb wurde ich aus dem Ruhestand gerufen?«

»Ja. Wir brauchen für die anstehende Schlacht jeden, den wir kriegen können.«

»Wenn das der Fall ist, warum hier?« Er breitete die Hände aus. »Sollten wir uns nicht mit den menschlichen Armeen vorbereiten?«

»Denken Sie wirklich, dass die bereit sind, mit Kryptiden zu trainieren?«

Er verzog das Gesicht. »Ich schätze nicht. Ich hatte gehofft, dass sich die Dinge vielleicht geändert haben. Zu meiner Zeit wurden die Fähigkeiten meines Geschwaders streng geheim gehalten. Wir sind mit Fallschirmen gesprungen, um unsere Deckung zu halten, und haben uns erst verwandelt, wenn das Flugzeug außer Sichtweite war.«

»Trotz allem, dem die Welt ausgesetzt wurde, werden wir mit unseren Handlungen überwiegend unauffällig bleiben. Es ist nicht nötig, in einer Gesellschaft Panik zu verursachen, die bereits angespannt ist.«

»Wenn die Menschen bereits Drachen und die apokalyptischen Reiter akzeptiert haben, glaube ich nicht, dass es noch viel geben kann, das sie ausflippen lassen würde.«

»Dann sind sie ein schlechter Menschenkenner. Es gibt überall Gemurmel darüber, was passiert ist. Was bedeutet, dass wir unsere Mission so unauffällig wie möglich durchführen müssen, um die Panik unter den Menschen zu mildern.«

»Die Menschen?« Er musterte sie. »Schließt das Sie nicht mit ein?«

Sie hob das Kinn. Das war nicht das erste Mal, dass jemand ihre Loyalität infrage gestellt hatte. »Ich mag vielleicht inaktiv sein, aber das Gen ist da.«

»Und das reicht aus, um Gestaltwandler und Drachen anzuführen? Was ist Ihre Erfahrung bei Einsatzmissionen?«

»Offiziell? Da gibt es nicht viel. Laut dem menschlichen Militär bin ich ein Bürohengst.«

»Aber?«, drängte er.

»Haben Sie je von den Phantomen gehört?«

Seine Augenbrauen schossen in die Höhe. »Die geheime paramilitärische Einheit? Die sind auch echt?«

»Jup.«

»Scheiße.« Jetzt klang er beeindruckt. »Es heißt,

man sei bereits tot, sobald man ihre Gesichter gesehen hat.«

»Das ist nicht ganz die Wahrheit, aber die Leute sind zur Geheimhaltung verpflichtet, damit wir unsere Arbeit machen können.« Ihre Arbeit bestand darin, die Gestaltwandler unter allen Umständen zu beschützen. Es half, dass sie ein paar hochrangige Kryptiden in der Regierung hatten, die wussten, wie man Papiere frisierte. Zum Training hatten sie die Area 69, einen inoffiziellen, staatlich geführten Stützpunkt mit all den Rechten und Privilegien des Militärs. Was bedeutete, dass sie überall hingehen konnten, um die nötigen Mittel zu bekommen.

»Wie liegt Ihre Verlustrate bei Missionen?« Das fragte er beiläufig, und doch konnte sie die Anspannung in ihm sehen.

»Gut, wenn man die Jobs bedenkt, die wir ausführen.«

Er verzog das Gesicht. »Nicht beruhigend.«

»Gerade Sie sollten wissen, dass zu dienen manchmal bedeutet, gute Leute sterben zu sehen.«

»Das zu wissen bedeutet nicht, dass ich es mögen muss. Und ich will nicht, dass es jemals wieder unter meiner direkten Aufsicht passiert.« Ein Bezug auf den Vorfall, der ihn gebrochen hatte. Es war ein Verdienst seiner Fähigkeiten, dass in seiner langen Karriere zum ersten Mal Leute gestorben waren. Gleichzeitig war es eine Überraschung, dass ein Mann, der so lange im Militär gewesen war, ein paar Tode so schwernahm.

Oder vielleicht war sie einfach nur aus härterem Stoff gemacht. Wie er hatte sie gesehen, wie Leute gestorben oder schwer verletzt worden waren. All das hinterließ Spuren, aber der Unterschied war, dass sie sich davon niemals entmutigen ließ. »Und deshalb bin ich Geschwaderführerin. Weil ich tun werde, was nötig ist, um die Kryptiden zu beschützen.«

»Alles? Das klingt recht breit gefächert. Ist das Ihre Art zu sagen, dass Sie keinerlei Moral haben?«

Seine Mutmaßung verärgerte sie. »Wagen Sie es nicht, mir vorzuwerfen, ich hätte kein Herz. Es liegt daran, dass ich mich darum schere, dass ich alles tue, was ich kann, obwohl ich weiß, dass nicht alles perfekt laufen wird. Manchmal laufen Dinge schief. Aber wenn die Welt perfekt wäre, wären keine Soldaten nötig, um sie zu beschützen.«

»Sie sollten darüber nachdenken, für das Rekrutierungsbüro zu arbeiten. Sie können verlockende Reden halten.«

»Das war keine Rede. Es ist mein Mantra. Wie ich mein Leben leben will. Sie sollten versuchen, sich eines zuzulegen, das nicht beinhaltet, selbstsüchtig zu sein.«

Damit marschierte sie davon, aber sie kam nicht weit, bis eine hastig angezogene, zweibeinige Jaimie sie einholte. »Wow, was sollte das denn? Du bist mit dem neuen Kerl ziemlich hitzig geworden.«

»Dieser *neue Kerl* ist der unausstehliche Eiserne Adler.«

»Ernsthaft?« Jaimie spähte über ihre Schulter.

»Leider«, grummelte Yvette, die sich fragte, ob sie ihn dort hätte zurücklassen sollen, wo sie ihn gefunden hatte. Er würde niemals Befehle von ihr entgegennehmen. Das würde nicht funktionieren.

»Ist er Single?«, fragte Jaimie.

Allein die Vorstellung ließ Yvette abrupt stehen bleiben. Sie wirbelte zu Jaimie herum. »Das kann nicht dein Ernst sein.«

»Er ist süß.«

»Er ist Alkoholiker.«

»Auf mich wirkte er ziemlich nüchtern, auch wenn er ein wenig Sonne und vielleicht ein paar Cheeseburger mit Pommes vertragen könnte. Vielleicht werde ich mich in die Küche begeben und für ihn kochen.«

»Nein«, gab sie ausdruckslos zurück.

»Du hast recht. Wem mache ich hier etwas vor? Ich kann nicht kochen. Ich werde etwas bestellen.«

»Jaimie, wirst du wohl aufhören? Ich glaube nicht, dass er bleibt.«

»Warum nicht?«

»Weil ich jemanden brauche, der meine Befehle fraglos entgegennehmen kann.«

»In der Luft. Aber wenn wir vom Bett sprechen, würde ich sagen, lass ihn die Kontrolle übernehmen.«

Jaimies Worte sorgten nur dafür, dass Yvette noch hitziger wurde. »Ich bin nicht daran interessiert, ihn zu vögeln, genauso wenig wie du.«

»Sei dir da nicht so sicher. Er ist heiß.«

»Ihr seid völlig verschiedene Spezies.«

»Und? Ich beabsichtige ja nicht, Kinder mit ihm zu bekommen.« Jaimies Grinsen war lüstern und reizte Yvette.

»Wir sind zu alt, um Kinder zu bekommen«,

murmelte sie. In ihren Zwanzigern hatte sie es nach hinten verschoben, um sich auf ihre Karriere zu konzentrieren. Dann kamen ihre Dreißiger und es geschah nie, vor allem, da sie sich nicht verliebt hatte. Und mit fast vierzig war es an der Zeit zuzugeben, dass sie zu lange gewartet hatte.

»Pah, mit der heutigen Medizin werden wir hundert Jahre alt – mehr als genügend Zeit für ein oder zwei Kinder. Da der Captain tabu ist, sollte ich vielleicht den heißen Leutnant kennenlernen. Er hat einen Akzent, bei dem ich einfach wiehern will.« Jaimie stieß mit ihren Füßen auf.

»Könnten wir vielleicht niemanden des Geschwaders verführen?« Yvette seufzte. »Jetzt ist nicht der Zeitpunkt für Ablenkungen. Wir haben vielleicht nicht viel Zeit, um dieses Team in Form zu bringen.«

»Kein Grund zur Panik. Mit den Adlern arbeitet es sich bisher gut. Bei manchen Dingen sind sie ein wenig eingerostet, da einige von ihnen aus dem Ruhestand gezerrt wurden, aber noch etwas zusätzliche Übung sollte das in Ordnung bringen.«

»Was ist mit den Drachen?«, fragte Yvette fast schon angsterfüllt. Sie war abgereist, kurz nachdem die zwei arroganten Silberköpfe angekommen und sich ihnen angeschlossen hatten – und nicht, weil sie darum gebeten worden waren.

Babs und Adi waren erschienen und hatten Yvette einfach informiert: »Elspeth hat uns gesagt, wir sollen euch helfen.« Warum Elspeths Befehl solche Macht hatte, verrieten sie ihr allerdings nicht. Außerdem nahmen sie Befehle nicht gut entgegen und taten irgendwie, was immer sie wollten. Da sie Drachen waren, widersprach niemand.

Und morgen wäre der Tag, an dem Yvette sich ihrer als Geschwader annehmen würde.

Oh je.

»Oh, bevor ich es vergesse, deine Mutter hat angerufen«, verkündete Jaimie.

Ein weiteres schweres Seufzen. »Was ist diesmal?«

»Irgendetwas über eine Verschwendung von Eierstöcken, und dass du schon einen Mann gefunden hättest, wenn du dir die Zeit genommen hättest, um das Kochen zu lernen.«

Sie verzog das Gesicht. »Je näher ich der Vierzig komme, desto weniger subtil wird sie.«

Jaimie prustete. »Wann war deine Mutter jemals subtil?«

»Ich verstehe es nicht. Sie hat ein paar Enkelkinder. Ich meine, Phil hat vier Kinder!«

»Vier Jungs«, merkte Jaimie an.

»Und dann hat Owen seine Freundin mit Zwillingen geschwängert.«

»Ebenfalls Jungs. Und da ihre Mütter bereits Mütter hatten, durfte sie nicht die ganze Sache mit dem Kreissaal erleben.«

»Selbst wenn ich schwanger werden würde, würde niemals jemand meine Huha sehen, während ich einen Fußball da herauspresse. Denn es wird keinen Junior in Wassermelonengröße geben.« Ihre Miene wurde finster.

»Kann ich zuhören, wenn du das deiner Mutter

sagst? Ich brauche nur so drei Minuten Vorlaufzeit, um Popcorn zu machen.«

Yvette funkelte sie an. »Du bist nicht witzig.«

»Kommt darauf an, wen du fragst.« Jaimie grinste.

»Ha, ha.« Sie verließ ihre Freundin, um ihr Zelt zu betreten. Sie musste es mit niemandem teilen und es lag in der Nähe des Badezelts, das mit Feldduschen ausgestattet war, die sich des Wassers aus einem Brunnen bedienten. Die Toiletten wurden in ein vergrabenes Abwassersystem entleert. Alles war uneinsehbar, für den Fall, dass das Lager eingepackt und zum nächsten x-beliebigen Ort in der Area 69 gebracht werden musste – sie hatten ein paar.

Sobald sie in ihrem Zelt war, holte Yvette den Schriftverkehr nach. Sie antwortete auf ein paar E-Mails. Sie tätigte einige Telefonate und sah sich dann die Nachrichten an.

Die Berichte waren wie etwas aus einem Film von Ridley Scott. Rauch, der die Form einer geliebten Marionette annahm, tobte durch eine kleine Stadt in Italien. Ein blauer Drache war durch Satellitenbilder in der Arktis entdeckt worden, wo er gebrochenes Schelfeis reparierte, während er gleichzeitig eine Festung aus Eis baute – ausgestattet mit Kanonen und Laserwaffen. Dann war da die verstörende Geschichte von Elfen, die die Freigängerkatzen von Menschen entführten und nur die Halsbänder zurückließen.

Zu viele seltsame Dinge, um sie zu ignorieren, besonders angesichts der immer größer werdenden Anzahl an Videobeweisen.

Die eine Sache, die niemand seit einer großen Schlacht mit Dschinns und Drachen auf einem Dach mehr gesehen hatte, waren die Reiter. Es schien, als wären sie verschwunden.

War das gut oder schlecht?

Nicht der Fokus von Yvettes Mission. Sie hatten ihr nur gesagt, dass sie etwas Wichtiges zurückholen würde. Die vollen Details ihrer Aufgabe standen noch immer aus. Was sie wusste, war, dass ein Team benötigt wurde, das fliegen konnte.

Zur Abendzeit schloss sie sich allen im Speisezelt an. Der Captain saß in der Ecke, als wollte er allein sein, aber die Adler im Lager hatten sich zu ihm gesellt, genau wie Dex und die Drachen.

Gut.

Nach dem Abendessen sprang Yvette unter die Dusche, dann ging sie zurück in ihr Zelt, um alte Videos der Adler im Flug, angeführt vom Captain, zu sehen. Sie bewegten sich wirklich wie eine Einheit, ihre Formation war eng, bis sie sich ablösten und fließend abdrehten, wodurch jeder Adler in der Position landete, die am besten zu seinen Flugfähigkeiten passte. Sie erkannte diejenigen, die sie im Lager getroffen hatte.

Bentley, anmutig in jeder ihrer Bewegungen.

Thomas, ein schwerer Vogel, der gut für die schwierigen Manöver geeignet war.

Dann war da Currys Geschwindigkeit. Er konnte zuschlagen, bevor die meisten reagieren konnten.

Niemand war mit ihrem ersten Blick auf den Eisernen Adler selbst zu vergleichen. Sie hatte die

Gelegenheit gehabt, ihn von Jaimies Rücken aus zu sehen, ein wunderschöner Weißkopfseeadler, dessen Größe täuschen konnte, wenn man ihn auf einem Bildschirm betrachtete. Da sie ihn selbst in der Luft gesehen hatte, musste seine Flügelspannweite mindestens drei bis vier Meter betragen. Seine Federn waren glatt, wenn auch ein wenig grauer als das, was sie in den Videos gesehen hatte. Von diesen existierten angesichts der Geheimhaltung des Geschwaders des Eisernen Adlers nur wenige.

Es war wirklich eine Schande, was bei seiner letzten Mission passiert war. Sie hatte die Berichte der Überlebenden gelesen.

Sie alle stellten eine Mission dar, die von Anfang an schiefgelaufen war. Informationen, die sich drastisch geändert hatten. Eine undichte Stelle, die zu einem Hinterhalt führte. Der Eiserne Adler hatte alles getan, was er konnte, um sie rauszuholen. Er wurde von drei Schüssen getroffen, von denen einer einen Flügel lahmlegte. Er war auf dem Boden aufgeschlagen und musste den langen Weg zurück zum Feldlager laufen.

Die Leute hatten gedacht, er wäre gestorben. Damals hatte der Captain auch darauf gehofft.

Hatte er immer noch einen Todeswunsch?

Das würden sie bald herausfinden. Morgen wäre ihr erster Flug als Geschwader. Insgesamt neun: Curry, Bentley, Thomas, der Captain, Adi, Babette, Lavoie und dann Jameson – alias Jaimie – mit Yvette als Reiterin.

Vier Adler, zwei Drachen, ein Falke und ein Pferd

mit Mensch darauf. Unterschiedliche Persönlichkeiten, Stile und mit wenig Zeit, um zu lernen, wie sie ineinandergreifen sollten. Das wäre nicht das erste Mal, dass sie sich widrigen Umständen stellte. Sie hatte ihr ganzes Leben damit verbracht zu beweisen, dass sie genauso stark wie ihre Familie war und dazugehörte. Nicht, weil ihre Brüder, Eltern oder erweiterte Familie ihr dieses Gefühl gegeben hätten. Sie war diejenige, die dazu entschlossen war, allen zu zeigen, dass die Fähigkeit zur Gestaltwandlung nicht das war, was eine Person besonders machte. Wie ihr Vater immer sagte: »Es kommt auf Mut und Tapferkeit an, Ivy.« Sein Kosename für sie.

Sie vermisste ihn. Telefonate waren nicht dasselbe wie persönliche Rededuelle oder die Arbeit an seinem neuesten Projekt in der Garage.

Nach dieser Mission würde sie für einen Besuch nach Hause kommen. Zwei Monate waren zu lang, um ohne die Kochkünste ihrer Mutter und Diskussionen über die Tatsache auszukommen, dass sich in ihrer Huha bereits Spinnweben befanden.

Sie ging schlafen und stellte sich die Dinge vor, die sie zu ihrer Mutter sagen konnte, die sie wahnsinnig machen würden. Als sie aufwachte, fühlte sie sich ziemlich gut.

Sie kam aus ihrem Zelt heraus und erblickte die perfekte Morgendämmerung. Die Temperatur war genau richtig. Der Haferbrei im Speisezelt wurde mit braunem Zucker, Rosinen und einer Prise Zimt serviert.

Ihre gute Stimmung wurde nicht schlechter, bis sie

einen Blick auf den Captain auf der Startbahn warf. Seine Augen waren blutunterlaufen. Sein Gesicht ausgezehrt. Das verdammte Arschloch musste einen Rückfall gehabt haben.

»Captain Jacobs«, fauchte sie. »Wir müssen reden.«

KAPITEL ACHT

*E*li wusste in dem Moment, dass er in Schwierigkeiten steckte, in dem der Colonel ihn erblickte. Scheinbar hatten die Augentropfen, die er sich von Thomas geborgt hatte – dem bekannten Kiffer des Geschwaders mit immerwährend trockenen Augen –, die Röte seiner Lederhaut nicht verborgen.

»Sie sind verkatert«, warf der Colonel ihm vor.

»Nein.«

»Drogen«, zischte sie.

Er schüttelte den Kopf. Sie wusste nicht, dass er mit einem Joint vermutlich *weniger* wie ein Haufen Scheiße ausgesehen hätte, der von einem Traktor überfahren worden war.

»Lügen Sie mich nicht an.« Zwischen einem Wort und dem nächsten hatte sie eine Waffe herausgeholt und auf seinen Kopf gerichtet.

»Mich zu erschießen wird die Antwort nicht ändern.«

»Ihre Augen sind blutunterlaufen.« Sie sprach das Offensichtliche an.

Er rollte mit den Schultern. »Das liegt daran, dass ich nicht geschlafen habe. Neuer Ort und all das.«

»Sie machen Witze, oder? Ein Soldat lernt bereits früh, zu schlafen, wo und wann immer er kann.«

»Das konnte ich mal, aber jetzt, wo ich älter bin, ist mein Körper empfindlicher.«

»Dann hätten Sie die Krankenschwester um Schlaftabletten bitten sollen«, grummelte sie, wobei sie ihre Waffe wieder in das Holster steckte.

Daraufhin schüttelte er den Kopf. »Ich würde lieber keine Medikamente nehmen.« Schlaftabletten waren eine heikle Sache.

Sie presste ihre Lippen zu einer flachen Linie. »Sie brauchen Schlaf. Verdammt. Das wird uns einen Tag nach hinten werfen.«

»Ich kann fliegen«, beharrte er. Das wäre nicht das erste Mal, dass er einen Flug mit roten Augen absolvierte.

»Nein, so erschöpft tun Sie das nicht. Ich werde nicht zulassen, dass Ihre Übermüdung *mein* Geschwader gefährdet. Betrachten Sie sich als gestrandet.«

Bei der Erinnerung daran, dass er nicht die Leitung hatte, verzog er das Gesicht. Was noch mehr brannte? Ihre Anschuldigung, dass er jemals etwas tun würde, das seine Flugkumpane verletzen könnte. »Ich würde niemals –«

»Wagen Sie es nicht, diesen Satz zu beenden, denn ich weiß es besser. Ich habe Ihre Akte gelesen.

Sie können mir nicht sagen, dass Sie nicht gehandelt hätten, wenn Sie ein Mitglied Ihres Geschwaders als dienstunfähig erachtet hätten.«

Sie lag absolut richtig. Er hätte an ihrer Stelle dasselbe getan, aber dennoch brannte es wie Säure, es laut zuzugeben. »Verstanden.«

»Ist das so? Denn Sie stehen immer noch vor mir, anstatt das Problem zu beheben. Gehen Sie und sprechen Sie mit dem Feldarzt.«

»Ja, Ma'am«, gab er zurück, bevor er losmarschierte. Erniedrigt, aber gleichzeitig akzeptierte er es, denn das war, was ein Soldat tat. Seine Vorgesetzten respektieren. Den Regeln folgen. Hoffen, dass eine Tablette nicht zu einem Dutzend oder Schlimmerem führen würde.

Er stapfte in das Sanitätszelt, wo er auf eine Frau in hellgrünem Laborkittel traf. Auch wenn ihr Haar nicht von demselben Silber war wie das derer, die er bisher getroffen hatte, war ihr Duft ähnlich genug, dass er flüsterte: »Drache.«

»Hallo, kleines Vögelchen«, gurrte sie.

»Entschuldigung?« Er konnte nicht umhin, sie anzublinzeln.

Ihr Lächeln wurde breiter, bis es dem eines Raubtieres glich, das sein Abendessen begutachtete. »Sie sind nicht entschuldigt. Begrüßen Sie alle so unhöflich?«

Es war ihm nicht einmal in den Sinn gekommen. Durch das Leben im Hinterland hatte er vielleicht einen Teil seiner Manieren verloren. Er salutierte und ließ seine Fersen zusammenschnellen. »Bitte entschuldigen Sie, Ma'am.«

»Rühren, Soldat. Oh, und nennen Sie mich noch einmal ›Ma'am‹ und ich werde aus Ihren Knochen zum Abendessen einen Eintopf machen. Mein Name ist Jeebrelle.«

»Sind Sie die Ärztin?«

»Nur vorübergehend, während die eigentliche sich um ein privates Problem kümmert. Wer sind Sie?«

»Captain Eli Jacobs. Der Colonel hat mich geschickt, um zu fragen, ob Sie etwas haben, das mir beim Schlafen helfen könnte. Aber das Problem ist, dass ich ein Suchtproblem loszuwerden versuche, und ich will keine Medikamente nehmen.« Er ballte die Hände zu Fäusten, als er das laut zugab. Es war nichts, das er tun wollte, aber er hatte keine Wahl, nicht, wenn er sich ändern wollte.

Ich bin süchtig. So etwas wie einen einzigen Schluck oder eine Tablette gab es nicht.

»Hm. Keine Medikamente. Das bedeutet mehr oder weniger, dass es nichts in meiner Truhe aus Zaubertränken gibt«, dachte sie laut nach, während sie mit den Händen über eine tatsächliche Truhe fuhr. Das Holz war glatt und schwarz, mit dunkelbraunen Streifen, wo jemand kunstvoll in die Oberfläche geschnitzt hatte.

»Ich nehme nicht an, dass Sie irgendwelche Atemübungen haben?« Die Seelenklempner des Militärs hatten ein paar Techniken mit ihm ausprobiert. Keine hatte funktioniert. Er begann, Schäfchen zu zählen, dann schoss er nach unten, fuhr die Krallen aus, um ihre wolligen Körper zu packen, und dann fraß er sie. Für gewöhnlich wachte er schreiend auf, wenn sich die belebende Mahlzeit in verdorbenes, madiges Fleisch verwandelte.

»Was, wenn wir Sie, anstatt Ihnen eine Tablette zu geben, darauf trainieren, auf Befehl zu schlafen. Einfach so.« Die Ärztin schnippte mit den Fingern.

»Sie wollen mich hypnotisieren?«

»Nicht ganz.«

»Wie dann?«, fragte er, neugierig und doch vorsichtig. Diese Frau hatte etwas Seltsames an sich. Und es war nicht nur die Brise, die ihr Haar bewegte, aber sonst nichts im Raum.

»Ich will Sie fragen, Captain Jacobs, glauben Sie an Magie?«

Das ließ ihn prusten. »Nicht, wenn ich nüchtern bin.«

»Dann wird das lustig werden.« Die seltsame Ärztin drehte sich um und wühlte in einer Schublade, bevor sie ein Gummiband daraus hervorzog – von der dicken Art, die nicht leicht riss. Sie nahm es in eine Faust und hielt es sich an die Lippen, um etwas zu flüstern. Er hätte schwören können, dass es einen Moment lang grün leuchtete, weshalb er zögerte, als sie es ihm entgegenstreckte.

»Nehmen Sie es.«

»Warum?«

»Weil Sie es sich um das Handgelenk legen werden, und wenn Sie schlafen wollen, ziehen Sie daran und sagen ›*Bonne nuit*‹.«

»Gute Nacht auf Französisch?« Er rümpfte die Nase. »Wie soll mir das beim Schlafen helfen?«

»Das habe ich Ihnen gesagt. Magie. Und bevor Sie sagen, dass sie nicht existiert, versuchen Sie es.«

»Es wird nicht funktionieren.«

»Dann schätze ich, es kann nicht schaden, es zu versuchen.« Ihre Lippen zuckten.

»Ich bin nicht naiv, Doktor. Magie existiert nicht und ich werde es beweisen.« Er zog an dem Armband. »*Bonne nuit.*«

Er wachte mit dem Gesicht auf dem Boden des Sanitätszelts auf, in einer Pfütze aus Speichel und mit einer an ihn gekuschelten Katze. Das dürre Ding streckte sich und gähnte, bevor es davonschlenderte.

Eli setzte sich auf und sah, dass er allein war. Die Ärztin war gegangen. Draußen begegnete er der Mittagssonne und erkannte, wie lange er geschlafen hatte. Mehr als drei ungestörte Stunden. Da er sich großartig fühlte, meldete er sich nach dem Mittagessen beim Colonel.

»Bereit zum Dienst, Ma'am«, verkündete er nach einem Salut.

»Wir bestehen hier nicht auf solchen Dingen«, sagte sie mit einer Handbewegung. »Und auch wenn Sie besser aussehen als heute Morgen, sind ein paar Stunden Schlaf keine ganze Nacht.«

»Drei Stunden sind besser als das, was ich für gewöhnlich schaffe.«

Sie schürzte die Lippen. Volle Lippen, die von ihm genervt waren. »Sie sind zu spät. Wir sind mit dem Fliegen für heute bereits fertig.«

»Es ist kaum Mittag«, protestierte er.

»Im Moment beobachtet ein Satellit diesen Bereich. Auch wenn das Lager verborgen ist, könnte ein Geschwader aus Kryptiden am Himmel Aufmerksamkeit erregen.«

»Oh. Kann ich irgendetwas tun, um mich vorzubereiten?« Denn jetzt kam er sich dämlich vor. Er fühlte sich dienstuntauglich. Er ließ das Geschwader im Stich.

»Tatsächlich können Sie das.«

Sie schickte ihn in ein zu einem Klassenzimmer umfunktionierten Zelt, wo Curry Flugformation unterrichtete. Der Adler war unruhig und sah Eli immer wieder nervös an. Vermutlich da sie beide wussten, wer diesen Kurs eigentlich unterrichten sollte.

Der Drache namens Babs fehlte, aber Elis altes Team war da, um Fragen zu beantworten, die überwiegend von Lavoie kamen – dem einzigen Falken im Team – und von Adis Partner Dex. Der Mann hatte einen scharfen Verstand und interessante Ideen, was sie mit einigen der Formationen tun konnten.

Was Eli dazu brachte, Adi zu fragen, wozu die Drachen fähig waren. »Könnt ihr Feuer spucken?«

»Nicht wirklich.« Adi neigte den Kopf. »Aber wenn du fragst, ob ich mich selbst verteidigen kann, dann ja. Ich kann auch schweben, was aber ohne gute Strömungen schnell ermüdend werden kann.«

»Ich nehme nicht an, dass ihr euch einfach unsichtbar machen könnt?« Sein Wissen über ihre Art war spärlich und entsprang Filmen und Büchern.

Sie schüttelte den Kopf. Ihr Mann schaltete sich ein. »Drachen sind mehr oder weniger unverwundbar. Ihre Körper haben dickere Haut als Menschen. Sie reagieren extrem schnell. Sie neigen dazu, verschiedene Spezialitäten zu haben, wenn es um Verteidigung geht.«

»Und sie haben alle einen großen Schatz«, verkündete Thomas.

»Das haben wir«, stimmte Adi zu. »Und ich werde dich umbringen, wenn du ihn berührst«, fügte sie lächelnd hinzu.

»Warum seid ihr hier?«, fragte Eli. »Warum zeigt ihr euch jetzt, nachdem ihr so lange verborgen wart?«

»Weil Elspeth sagte, es sei an der Zeit, den weniger begünstigten Lebewesen dieser Erde zu helfen.«

Er ignorierte die Arroganz, um zu fragen: »Wer ist Elspeth?«

»Sie ist ein nervig dreister gelber Drache, der die Zukunft sieht. Das erklärt, warum wir sie als Kinder so seltsam fanden. Ihre Mutter hat es uns nie gesagt, weißt du?«

Eli wusste es nicht.

Adi fuhr fort: »Sie ist gut mit Babs befreundet. Obwohl Babs das abstreiten wird. Und was auch immer du tust, beleidige Elspeth nicht vor ihrem Ehemann. Er ist ein Dämon.«

»Dämon.« Nicht einmal eine Frage, sondern nur eine erstaunte Wiederholung des Wortes.

»Angeblich der letzte seiner Art. Aber nicht lange. Elspeth sagt, wenn die Welt nicht untergeht, werden sie und Luc irgendwann ungefähr sechs Kinder bekommen.«

Die ganze Sache war verwirrend. Adis selbstgefälliges Lächeln sagte, dass sie das wusste.

Dex seufzte. »Ich schwöre, du wirst dich daran gewöhnen, Mann.«

Irgendwie bezweifelte Eli das. »Sind alle Drachen so ehrlich?«

»Warum lügen?«, fragte Ali. »Es ist nicht so, als hätten wir Angst vor dir.«

»Aber ihr habt Angst vor Menschen«, gab er zurück. »Warum sonst hättet ihr euch jahrhundertelang versteckt?«

»Nicht mehr.« Adi hob ihr Kinn. »Es war an der Zeit, dass wir aufhören, uns im Schatten zu verstecken, und stattdessen unseren rechtmäßigen Platz in der Welt einnehmen.«

Dex räusperte sich. »Du klingst wieder wie ein Superschurke.«

Ein verschmitztes Grinsen begleitete Adis Antwort. »Kannst du es mir verübeln? Sie haben schönere Spielzeuge.«

Damit ging sie mit ihrem Mann weg und Thomas pfiff. »Wenn sie nicht verheiratet wäre ...«

»Würde sie dich vermutlich fressen, wenn du sie auf eine Verabredung einladen würdest«, verkündete Bentley, die von ihrem Stuhl aufstand und sich streckte, bis ihre Gelenke knackten.

»Welch Art, diese Welt zu verlassen«, schwärmte Thomas.

»Lass das nicht ihren Mann hören«, warnte Eli.

»Spaßverderber.« Thomas stand auf und rieb sich den Bauch. »Fühlt sich nach Abendessen an.«

Eli hätte vielleicht darauf verzichtet, aber sein Magen stimmte zu – sehr zu seiner Überraschung. Essen klang gut.

Er aß mit seinem alten Geschwader, der fliegenden Pferdefrau und dem Falken, der tatsächlich ein Nachfahre des berühmten Killerfalken war, einem Scharfschützen während des Kalten Krieges in den Siebzigern. Die Drachen aßen nicht im Speisezelt und der Colonel kam nur lange genug herein, um sich einen Teller zu füllen und dann wieder zu gehen.

Sobald die Mahlzeit beendet war, ging die Unterhaltung weiter und er entspannte sich, wobei er jedoch nicht viel sagte – vor allem, da ein Teil von ihm nicht das Gefühl hatte, dass er es verdiente, hier zu sein und Spaß zu haben. Warum sollte er glücklich sein, wenn er drei seiner Leute im Stich gelassen hatte? Es half nicht, dass er spürte, wie sich die Müdigkeit einschlich, da die Wirkung seines morgendlichen Nickerchens nachließ. Er musste schlafen, aber er war besorgt, dass die Leichtigkeit seines vorherigen Schlafes ein Glücksfall gewesen war. Die Ärztin hatte ihm vermutlich etwas untergejubelt oder ihn hypnotisiert.

Eli kehrte in sein Zelt zurück und beäugte voller Beklemmung die Pritsche. Es war nicht der Mangel an einer Federmatratze, vor dem er Angst hatte.

Was, wenn es nicht funktionierte?

Er legte sich ins Bett und lag steif wie ein Brett da, während er den Geräuschen des Lagers lauschte. Sein

Verstand war viel zu wachsam. Er fuhr mit den Fingern über das Gummiband, das die Ärztin ihm gegeben hatte.

Magie.

Hmpf.

Er lag noch eine Weile da, angespannt und unfähig, einzuschlafen.

Was konnte es schaden? Er zog an dem Gummiband und murmelte: »*Bonne nuit.*«

Am nächsten Tag wachte er bei Morgengrauen auf, mit angespanntem Kiefer, schwitzend und mit rasendem Herzen. Es fühlte sich an, als hätte er einen Albtraum gehabt, aber das war in Ordnung, denn wenigstens schlief er wieder.

KAPITEL NEUN

Am nächsten Tag freute Yvette sich zu sehen, dass der Captain putzmunter und bereit zur Arbeit erschien – anders als der Rest des Geschwaders. Die meisten erschienen verschlafen und Thomas gähnte sogar.

»Sieht aus, als hätte jemand gestern Abend zu lange gefeiert«, schalt Yvette.

Captain Curry schüttelte den Kopf. »Entschuldigung, Ma'am. Eine unruhige Nacht.«

»Für euch alle?«, gab Yvette zurück. Nur die Drachen und Jacobs sahen ausgeruht aus. Alle anderen wirkten, als hätten sie zu wenig Schlaf bekommen. Selbst Jaimie sah nicht gut aus.

»Keine Sorge, Ma'am. Wir können fliegen.«

Trotz Currys Behauptung lief das Training überwiegend schlecht. Es führte dazu, dass sie es frühzeitig beendete und ihnen dann eine Standpauke darüber hielt, zeitig zu Bett zu gehen und von Dingen fernzubleiben, die ihre Leistungsfähigkeit beeinträchtigen könnten.

»Ja, Ma'am«, war die gemeinsame Antwort.

Am nächsten Tag traf sie auf noch schwerere Füße und dunkle Augenringe, als sie das Speisezelt betrat. Sie signalisierte einer erschöpft aussehenden Jaimie, sie solle zu ihr kommen. Ihre Freundin schloss sich ihr draußen an, als Yvette zischte: »Was ist los?«

»Schlafen nicht«, murmelte Jaimie.

»Warum nicht? Euch allen ging es vorher gut.«

»Du meinst, bevor der Captain angefangen hat, Albträume zu haben.«

Yvette blinzelte. »Welcher Captain?«

»Was denkst du denn?«, gab Jaimie zurück.

»Jacobs? Ich habe nichts gehört.« Auf der anderen Seite war Yvette mit drei Brüdern aufgewachsen. Mit drei rauflustigen, furzenden, lauten Brüdern. Sie konnte bei allem schlafen, wenn sie es nur wollte. Nur ein sechster Sinn für Gefahr und der Duft von Speck konnten sie aus dem Tiefschlaf holen.

»Wie kannst du ihn nicht hören? Der Mann schreit stundenlang immer wieder.«

»Was schreit er?«

»So wie es klingt, erlebt er diese beschissene Mission immer wieder, bei der er einen Teil seines Geschwaders verloren hat.«

»Oh.« Yvette runzelte die Stirn und fragte sich dann, ob das mit ihrem Befehl zu tun hatte, er solle sich medizinische Hilfe suchen. Der Mann schlief jetzt, aber zu Lasten aller anderen.

Jaimie ging zum Flehen über. »Du musst etwas unternehmen, denn ich schwöre, wir werden vielleicht nicht dabei aufhören, ihm nur eine Socke in den Mund zu stopfen.«

»Warum ich?«

Jaimie verdrehte die Augen. »Weil du die Einzige bist, die ranghöher ist als er. Du weißt, wie es funktioniert.«

»Du erwartest von mir, dem Mann zu befehlen, keine weiteren Albträume zu haben?«

»Ja.«

»Es ist sehr unwahrscheinlich, dass das funktionieren wird.«

»Mir egal. Du bist die Geschwaderführerin. Du musst das in Ordnung bringen.«

»Und wie soll ich das bitte anstellen?«, grummelte sie, als sie den müden Vögeln befahl, sich zu erholen, während sie die Drachen mit Captain Jacobs, der wohl ausgeruht aussah, zum Fliegen schickte. Sicherlich würde ein Mann, der unter Albträumen litt, Anzeichen von Stress zeigen.

Vielleicht musste seine Medikation angepasst werden. Zuerst musste sich Yvette jedoch um das Problem mit ihm kümmern. Sie wartete bis nach dem Abendessen, als er allein in seinem Zelt war, um ihn nicht vor den anderen in Verlegenheit zu bringen.

»Captain, könnte ich mit Ihnen sprechen?«, fragte sie von der anderen Seite seiner Zeltlaschen aus. Diese wurden plötzlich zur Seite gezogen, woraufhin sie sich mit dem Gesicht vor Jacobs' Kinn wiederfand.

»Natürlich. Ich mache mich nur präsentabel, dann komme ich.«

»Nicht nötig. Wenn ich für einen Moment hereinkommen könnte.« Das war weniger eine Frage als eine Aussage, als sie auf ihn zukam und er so schnell rückwärtsging, dass sie befürchtete, er könnte stolpern.

Er sah wesentlich besser aus als bei ihrem ersten Treffen. Sein Gesicht war jetzt deutlich zu erkennen, wo es nicht mehr von unbändigem Haarwuchs bedeckt wurde. Seine Nase war gekrümmt und nach links geneigt, da sie vermutlich ein- oder zweimal gebrochen worden war. Aber die bedeutendste aller Veränderungen war die Klarheit in seinen Augen und seinem Ausdruck.

Er war trocken geblieben. Hatte geschlafen. Und zu ihrer Überraschung nahm er es mit den Regeln sehr genau. Er zog seine Fersen zusammen und salutierte.

»Rühren, Captain.«

Seine Hände landeten hinter seinem Rücken und er starrte eine Stelle oberhalb ihres Kopfes an. »Wie kann ich Ihnen helfen, Ma'am?«

Sie stürzte sich nicht sofort in ihre Beschwerde und sagte stattdessen: »Ich habe gehört, das Training mit den Drachen heute ist schiefgelaufen.«

Eine kurze Grimasse verzog sein Gesicht, als er antwortete: »Sie sind nicht daran gewöhnt, in irgendeiner Formation zu fliegen.«

»Liegt das daran, dass sie nicht verstehen, was von ihnen erwartet wird?«

»Es ist mehr so, dass sie sich weigern, jemand anderem als sich selbst zu gehorchen.«

»Was sie nutzlos macht.« Sie seufzte und rieb die

Stelle zwischen ihren Augenbrauen. Wie sollte es mit diesem Team nur funktionieren?

»Wenn ich einen Vorschlag machen darf, Ma'am.«

»Nur zu, Captain.«

»Ich denke, wir müssen die Drachen in anderer Funktion nutzen.«

»Zum Beispiel?«

»Uns in vier Staffeln aufteilen.«

»Dafür sind wir nicht genug.«

»Das sind wir, wenn die Drachen solo fliegen. Wenn wir jeden zu seiner eigenen Flugstaffel mit der Freiheit machen, als Späher vorauszufliegen.«

»Warum denken Sie, dass sie hören werden?«

»Weil sie im Grunde genommen ihr eigenes Ding machen werden. Sie machen die Luft rein, sozusagen, für die dahinterkommenden Staffeln.«

»Sie wären allein.«

»Ja, aber ich habe den Eindruck, dass sie daran gewöhnt sind, den Großteil ihrer Kämpfe so durchzuführen. Und vergessen sie nicht, allein sind sie tödlich. Es ist vermutlich sicherer für die anderen des Geschwaders, ihnen weit entfernt zu bleiben, wenn sie kämpfen.«

»Ich werde über Ihre Empfehlung nachdenken.«

»Natürlich. Gab es sonst noch etwas, Colonel?« Er klang so anständig. So respektvoll. Warum reizte es sie?

»Tatsächlich gibt es da noch etwas. Mir wurde zugetragen, dass Ihre Albträume den anderen leichteren Schläfern im Lager nachts Probleme bereiten.«

Sie fragte sich, wovon er träumte, das einen Mann so brechen konnte.

»Albträume?«, wiederholte er. Dann erblasste er. »Ich wusste es nicht.«

»Nicht Ihre Schuld. Ich nehme an, es liegt an dem, was auch immer Ihnen zum Schlafen gegeben wurde, aber es verursacht Probleme bei den anderen, was bedeutet, dass wir eine Lösung finden müssen.«

»Ich werde aufhören, das, äh, Hilfsmittel zu benutzen, das mir die Ärztin gegeben hat«, murmelte er.

Hilfsmittel? Also hatte ihm die Ärztin keine Medikamente gegeben? Angesichts seiner Suchtprobleme vermutlich eine kluge Entscheidung. »Wenn Sie damit aufhören, werden Sie nicht schlafen, was auch keine Lösung ist. Vielleicht sollten wir mit der Ärztin sprechen und nachsehen, ob sie die Behandlung ändern kann.«

»Oder ich könnte außer Hörweite schlafen.«

»Sie allein auf weiter Flur lassen. Das gefällt mir nicht. Es muss eine Möglichkeit geben, um Sie davon abzuhalten, Albträume zu haben. Vielleicht gibt es etwas, das sie auslöst? Im Flugzeug haben Sie problemlos geschlafen.« Sie erinnerte sich daran, wie er eingenickt war und sein Kopf die meiste Zeit auf ihrer Schulter geruht hatte.

»Ich. Äh. War müde?«, gab er fragend zurück.

Oder war es etwas anderes? Zum Beispiel die Tatsache, dass er nicht allein war. »Haben Sie an einen Mitbewohner gedacht?«

Er blinzelte sie an. Lange, sündhafte Wimpern.

»Nein. Ein Teil des Vorteils des Dienstgrades ist, ein Zimmer nicht teilen zu müssen.«

»Für gewöhnlich. Allerdings müssen wir uns angesichts Ihres einzigartigen Problems um Lösungen bemühen, die über den Tellerrand hinausblicken. Als wir hergeflogen sind, haben Sie geschlafen, ohne auch nur einen Mucks von sich zu geben, was in mir die Frage aufwirft, ob es mit der Nähe zu tun hat; dass Ihr Körper unterbewusst erkannt hat, dass jemand in der Nähe war.«

»Möglich. Ich bin heute aufgewacht und eine Katze hatte sich an mich gekuschelt«, gab Eli zu.

»Und niemand hat von irgendwelchen Schreien berichtet.« Sie klatschte in die Hände. »Dann wäre das geklärt. Wir werden Ihnen einen Schlafkumpel besorgen.«

Seine Lippen verzogen sich zu einer dünnen Linie. »Ich werde mit niemandem schlafen, um Ihre seltsame Theorie zu testen.«

»Was, wenn ich recht habe?«

Die Grübchen auf beiden Seiten seines Mundes wurden tiefer. »Selbst wenn es so ist, wen schlagen Sie vor?«

»Jemanden aus Ihrem alten Geschwader?«

Er schüttelte den Kopf. »Ich will nicht, dass sie mich schwach sehen.«

Sie merkte nicht an, dass sie es jede Nacht gehört hatten. »Wie wäre es mit dieser Katze? Denken Sie, wir können sie uns ausborgen?«

Er prustete. »Das sagt jemand, der es offensichtlich noch nie mit einer Katze zu tun hatte. Die neigen dazu, ihr eigenes Ding zu machen.«

Sie lachte fast darüber, wie wahr diese Aussage war. »Sicherlich gibt es jemanden, mit dem Sie es zu versuchen bereit wären?«

Seine Schultern sackten zusammen. »Das erscheint demjenigen gegenüber nicht fair.«

Eli und seine verdammte Ehre. Auf der anderen Seite verstand sie es. Es war verrückt, und doch bot sie es ihm an. »Wie wäre es, wenn Sie diese Schlafsache mit mir testen?«

»Mit Ihnen?«

»Ja. Ich werde mit Ihnen schlafen.«

KAPITEL ZEHN

In dem Moment, in dem Yvette die Worte aussprach, konnte Eli sehen, dass sie es bereute. Nicht das Angebot, sondern wie es klang. Schmutzig.

Ihre Augen wurden groß. Ihr Mund öffnete sich.

Er konnte nicht anders, als zu einhundert Prozent *Kerl* zu sein. »Wollen Sie oben oder unten sein?«

Sie schnaubte. »So habe ich es nicht gemeint.«

»Nein, das haben Sie nicht. Und ich auch nicht.« Lüge. Er war immer noch scharf auf den Colonel. Die Vorstellung, wie sie in seiner Nähe schlief, ließ ihn Dinge fühlen, die er nicht fühlen sollte, was der Grund war, warum er es beenden musste. Jetzt. »Aber die Tatsache, dass Sie tatsächlich *schlafen* meinen, wird die anderen nicht kümmern. Sie werden Sie in mein Zelt kommen und gehen sehen, und sie werden annehmen, dass wir es miteinander treiben. Ich bin mir ziemlich sicher, dass Sie das nicht wollen.«

Ihre Wangen nahmen eine rötliche Farbe an. »Sie

haben recht. Einen solchen Irrglauben kann ich nicht zulassen. Sie werden jemand anderen einladen müssen.«

»Nein.«

»Ich brauche alle anderen ausgeruht, Captain.«

»Wir könnten es mit einem Ballknebel versuchen.« Das war nur zum Teil ein Scherz.

»Ich bin mir ziemlich sicher, dass niemand seine Sexspielzeuge mit ins Lager gebracht hat.«

»Sicher kann ich mir etwas überlegen, das funktionieren könnte.«

»Ich lasse nicht zu, dass Sie aufgrund Ihrer Dummheit unter meiner Aufsicht ersticken. Sie lassen mir keine Wahl. Wir sehen uns nach dem Ausschalten der Lichter.«

Er glaubte wirklich nicht, dass sie es ernst meinte. Warum zur Hölle sollte sie mit ihm schlafen wollen? Sicherlich erkannte sie, dass sein Vorschlag das Beste war, was sie tun konnten. Er würde einfach irgendwo anders schlafen, damit er nachts niemanden störte, denn er würde nicht wieder anfangen, keinen Schlaf zu finden.

Auch wenn er recht abrupt aufgewacht war, fühlte er sich dennoch ausgeruht. Der beste Schlaf, den er seit einer Weile gehabt hatte. Sein erster Flug war entspannt gewesen, aber er hatte begonnen, einen Teil seiner alten Magie zu spüren. Er wusste nicht, ob das gut oder schlecht war. Was er wusste, war, dass er es zum ersten Mal seit langer Zeit nicht hasste, am Leben zu sein.

Während er durch das Lager streifte, bemerkte er

die Ärztin – die ein lockeres, zweiteiliges Outfit in Blassgrün trug und deren Haar geflochten war –, wie sie mit Babs plauderte. Seltsam war, wie alle einen großen Bogen um die Frau zu machen schienen.

Es war Curry, der das Mysterium löste, und es gleichzeitig noch schlimmer machte. Eli trocknete sich gerade ab, als Curry das Duschzelt betrat. »Was hat es mit der Ärztin auf sich?«, fragte Eli.

»Dr. Smythe?«, erwiderte Curry, der sein Alter anhand der Menge von Körperlotion zeigte, die er sich auf die Haut schmierte. Eli fragte sich, ob er vielleicht darüber nachdenken sollte, sich selbst welche zuzulegen.

»Smythe? Ich glaube nicht. Ich hätte schwören können, sie hat gesagt, ihr Name sei Jeebrelle?« Er hatte Schwierigkeiten, es auszusprechen. »Mir ist aufgefallen, dass die anderen sie meiden.«

Currys Augen wurden groß. »Du kennst einen der Reiter?«

»Wie bitte?« Eli hielt angesichts Currys Begeisterung mit dem Handtuch inne.

»Einer der apokalyptischen Reiter. Die, die du Jeebrelle genannt hast, hängt mit diesem Drachen ab. Sie ist diejenige, die sie die Pest nennen.«

Er blinzelte. »Sie ist einer der Reiter?« Sie sah überhaupt nicht so aus, wie er es erwartet hatte. Zum einen mangelte es ihr an einem Umhang und an einem Pferd. Er sah sich selbst an. »Bist du sicher? Ich scheine die Pest nicht zu haben.«

»Ja, sie ist nicht so, wie in den Filmen behauptet

wird. Aber ich bin mir sicher, dass sie es ist. Im Internet gibt es ein paar Videos von ihr.«

»Hast du mit ihr gesprochen?«

»Ich? Den Teufel werde ich tun.« Curry schüttelte den Kopf.

»Was ist mit den anderen?«

»Ich habe nur einen anderen Kerl gesehen. Großer Kerl, trägt einen Umhang, hat eine zottelige Katze.«

»Warum sind sie hier?«

»Das kommt darauf an, wen du fragst.« Curry zog die Augenbrauen zusammen. »Manche sagen, ihr Erscheinen sei die Einleitung zur Endzeit. Aber es gibt ein anderes Gerücht, bei dem behauptet wird, sie seien hier, um gegen irgendwelche knallharten Dschinns zu kämpfen.«

»Dschinns, was? Also sind die Nachrichtenberichte wahr?«

»Scheinbar, und welch Glückspilze wir sind. Angeblich legen wir uns mit einem von ihnen an.«

»Wann?«

»Bald.«

Eine unheilvolle Aussage, die Eli zur nächstgelegenen Flasche Alkohol hätte treiben sollen. Stattdessen grinste er. »Hoffentlich, sonst werde ich durch das ganze Essen hier im Lager noch fett.«

Mit dem Schlaf, den regelmäßigen Mahlzeiten und dem Mangel an Scheiß in seinem Körper fühlte er sich endlich wieder mehr wie er selbst – etwas mit Substanz, nicht nur ein schwacher Schatten.

Er hatte eine Aufgabe und Leute, die darauf zählten, dass er bereit war, weshalb er sich nach dem Ausschalten der Lichter in seine Decke wickelte und vor Einbruch der vollen Dunkelheit hinausschlich. Er schaffte es, einen Wachposten zu umgehen, der in die falsche Richtung sah, dann ging er über die Grenzen des Lagers hinaus und noch weiter, da er keine Ahnung hatte, wie weit seine Stimme zu hören war.

Er endete in einer Nische, die durch einen bereits vor langer Zeit umgestürzten Baum entstanden war. Die Decke war eng um seinen Körper gewickelt, bevor er an dem Gummiband zog und sagte: »*Bonne nuit.*«

KAPITEL ELF

Yvette stellte bald fest, dass der Captain weder in seinem Zelt noch sonst irgendwo im Lager war, während sie auf der Suche nach ihm umherlief.

Der Wachposten auf der Nordseite teilte ihr schließlich mit: »Der Captain ist kurz vor dem Zapfenstreich gegangen. Diese Richtung.« Er streckte einen Finger aus.

»Und Sie haben ihn nicht aufgehalten?« Eine prägnante Frage, obwohl ihr Zorn mehr auf den Captain als auf diesen Jungen gerichtet war.

Geoffrey, neu rekrutiert und trotz seiner schmalen Gestalt angeblich ein Bären-Gestaltwandler, zuckte die Achseln. »Er wirkte, als wolle er allein sein. Und ehrlich gesagt dachte ich, das Lager könnte eine ruhige Nacht vertragen.«

»Das dachten Sie?« Sie zog eine Augenbraue hoch. »Es ist nicht Ihre Aufgabe zu denken. In Zukunft gelten die Regeln für alle.«

»Selbst für Sie, Ma'am«, erwiderte er frech, als sie an ihm vorbeitrat.

Sie wirbelte herum und sah ihn finster an. »Sie treiben es zu weit.«

Das Kind grinste. »Bedeutet das, dass ich neu zugewiesen werde? Vielleicht zu etwas, das früh am Morgen ist?«

»Nein. Scheinbar müssen Sie lernen, wie man Befehle befolgt, weshalb Sie die Nachtschicht behalten werden, bis wir das Lager abbrechen.«

Bevor seine niedergeschlagene Miene sich vollständig ausgebildet hatte, marschierte Yvette in die Richtung, in die der Captain verschwunden war. Allein. In absichtlichem Ungehorsam.

Von all den waghalsigen Dingen, die er tun konnte. Was, wenn ihm etwas zustieß? Sie bezweifelte, dass er sich plötzlich ein Handy zugelegt hatte.

Außerdem schien er nicht an Waffen zu glauben, wohingegen sie zwei Messer und eine Handfeuerwaffe bei sich führte. Ein wenig leicht, aber sie wollte keine Zeit damit verschwenden, ihr Gewehr zu holen und Aufmerksamkeit zu erregen.

Da es Nacht war, konnte sie nur etwas sehen, da ihr der Halbmond glücklicherweise den Weg erhellte. Dennoch wurde es trügerisch, als sie unter das dichte Blätterdach mehrerer Bäume trat. Besonders, da es keinen richtigen Weg gab. Ihr Vater hatte ihr beigebracht, wie man Dinge in der Dunkelheit verfolgte.

»Da du sie nicht erschnüffeln kannst, Ivy, musst du nach den Spuren suchen.« Seine schwieligen Finger, die eines arbeitenden Mannes, begannen damit, ihr bei Tages-

licht die Spuren von etwas zu zeigen, das vorbeigegangen war. Dann ließ er sie in der Dunkelheit üben. Abgeknickte Blätter. Leichte Abdrücke. Und vor allem Instinkt.

Ihr Vater hatte ihr beigebracht, immer ihrem Bauchgefühl zu vertrauen. Es führte sie niemals in die Irre. Und im Moment bestand es darauf, dass sie Eli fand.

Sobald sie das tat, würde der Captain bestraft werden. Wofür genau? Dafür, dass er dafür zu sorgen versuchte, dass alle im Lager gut schlafen konnten?

Selbstloses Arschloch. Sie hatte nicht lange gebraucht, um zu erkennen, dass der Captain trotz seiner Schweigsamkeit in die Kategorie jener Leute fiel, die einhundert Prozent gaben und immer die selbstlosesten Handlungen wählten. Er wollte wirklich anderen dienen, was erklärte, warum er die Tode bei dem Vorfall, der zu seinem Austritt aus dem Militär führte, so schwergenommen hatte. Obwohl es nichts gab, das er hätte tun können, erlaubte es ihm seine Empathie nicht, die Schuldgefühle abzulegen. Bis er sich damit auseinandersetzte, würde er weiterhin Albträume haben und glauben, dass er es verdiente, auf dem kalten, harten Boden zu schlafen.

Idiot. Seine Bestrafung wäre, zurück ins Lager zu kommen, selbst wenn sie ihn an den Flügeln dorthin zerren musste. Obwohl sie ihn für sein Zuwiderhandeln nicht allzu sehr zusammenstauchen würde, nicht, wo er endlich Zeichen des Rebellen zeigte, der er einst gewesen war.

Ungefähr zwei Kilometer vom Lager entfernt,

und gerade nachdem sie über einen kleinen Bachlauf getreten war, der gegen die ihn umsäumenden Steine platschte, hörte sie es – ein langes, gedehntes Stöhnen.

Überhaupt nicht gruselig. Sie holte ihre Waffe hervor – besser bewaffnet als irgendetwas mit Zähnen abzuwehren. Die neigten dazu, Narben zu hinterlassen. Allerdings hatte sie Schwein gehabt. Ihr Bruder Phil hatte diese Narben in ein sehr cooles Tattoo verwandelt.

»Nein. Nein. Nein.«

Als es wieder einsetzte, hielt sie inne und lauschte den gruseligen und schwermütigen Tönen. Sie folgte dem Geräusch und ihre Schritte waren sicher, obwohl sie keinen Weg sehen konnte. Das Stöhnen schwoll in der Lautstärke an, was sie direkt zum Captain führte, der zitternd und schwitzend in der Nische eines umgestürzten Baumes lag. Wundervoll.

Verzweiflung und Trauer strahlten von ihm ab, was sie erschaudern ließ. Eine Sekunde lang dachte sie darüber nach, ihn wachzurütteln. Würde das helfen? Oder würde er in einen Dämmerzustand verfallen, bei dem er eine Gefahr für sich selbst oder andere darstellen könnte?

Sie ging in die Hocke und legte eine Hand auf ihn. Sofort beruhigte er sich. Sie zog ihre Hand zurück; er zitterte.

Seine Decke war zur Seite geschoben, was erklärte, warum sich seine Haut so kalt anfühlte. Sie nahm sie, und anstatt ihn zu wecken, legte sie sich hin und rutschte hinter ihn, wobei sie ihr Bestes tat, die

Decke über ihnen beiden auszubreiten. Er blieb ruhig, als sie ihren Körper um seinen schlang.

Yvette flüsterte: »Sie sind nicht allein.«

Ein langes Ausatmen. Sie kuschelte sich an seinen Rücken, als sich die Kühle in seinem Körper in Wärme verwandelte. Schön und warm. Vielleicht würde sie einfach einen Moment lang hier liegen und sichergehen, dass der Albtraum wirklich überstanden war.

Bevor sie sichs versah, wachte sie auf einer durch Speichel feuchten Stelle auf. Der Stoff an ihrer Wange war kein Kissen, sondern eine Brust. Das Öffnen ihrer Augen änderte nichts an der Tatsache, dass sie sich auf dem Captain wiederfand. Irgendwie war sie im Schlaf von der Löffelchenstellung dazu übergegangen, wie eine Decke auf ihm zu liegen. In dem Moment, in dem sie sich bewegte, stockte seine Atmung.

Er ist wach!

Unangenehm. Besonders, da sie seine Erektion spüren konnte.

Er muss vermutlich pinkeln.

Seine Hüften bewegten sich das kleinste bisschen und die Reibung entlockte ihr ein unerwartetes leises Stöhnen.

Er erschauderte und murmelte angespannt: »Gott steh mir bei.«

Es gab keinen Zweifel an der Tatsache, dass er versuchte, die Kontrolle über seine Anziehung zu erlangen. Hoffentlich würde ihm das besser gelingen als ihr. Wie gut war sein Geruchssinn? Würde er bemerken, dass ihr Slip feucht war?

»Morgen«, murmelte sie in dem Versuch, eine gute Art zu finden, sich von ihm zu lösen, die die Dinge nicht noch schlimmer machen würde.

»Colonel«, antwortete er. Und das war es. Keine dämliche Erwiderung. Die meisten Kerle hätten in dieser Situation nicht widerstehen können.

Da er nichts von sich gab, fühlte sie sich dazu verpflichtet. »Ich dachte, wir hätten gesagt, kein Salutieren mehr.« Sie bewegte ihre Hüften, um die Anspielung zu vollenden.

Schlecht. So schlecht von ihr. Er könnte sie wegen sexueller Belästigung melden und sie würde degradiert werden.

Seine Hände landeten auf ihren Hüften, woraufhin er mit tiefer Stimme sagte: »Das ist eine schwer zu brechende Gewohnheit, Ma'am.«

»Wir haben zusammen geschlafen. Ich denke, wir kommen mit Yvette und Eli davon.«

»Verbrüderung ist verpönt.«

»Im menschlichen Militär.«

Eine Sekunde lang antwortete er nicht. Als er es tat, wurde seine Stimme so leise, dass sie sich anstrengen musste, um ihn zu verstehen. »Warum hast du bei mir geschlafen?«

»Ich habe dir gesagt, dass ich es tun würde.«

»Das hättest du nicht tun sollen«, sagte er, obwohl seine Hände auf ihren Hüften verblieben.

»Vielleicht, aber ich wollte es. Und anstatt

darüber zu meckern, solltest du Danke sagen. Immerhin hat es funktioniert.«

»Sagst du.«

»Ja, sage ich.« Yvette setzte sich aufrecht hin, die Hände auf seiner Brust und rittlings auf seinem Schoß. Oh, der wunderbare Druck, den es ihr gab. Außerdem konnte sie sein Gesicht sehen. Seine Augenlider waren auf Halbmast, sein Haar zerzaust und viel zu sexy.

Seine Hände blieben auf ihr und seine Stimme war heiser, als er sagte: »Danke.«

»Gern geschehen.« Sie rieb sich ein wenig an ihm, woraufhin er den Atem einsog. Das war viel zu angenehm. Und voller Anspannung. Sie beide waren so vorsichtig. Verhalten. Sie war seine Vorgesetzte.

Außerdem war sie eine Frau und Eli hatte etwas an sich …

»Es ist fast Morgengrauen«, brachte er heraus, während sie ihre Hüften aneinander kreisten.

»Ja.« Ihr Kopf fiel nach hinten, ihre Augen waren geschlossen. Das sollte sich nicht so gut anfühlen. Sie sollte wirklich von ihm herunter.

Er grub die Finger in ihre Hüften. »Wenn wir nicht zurückkehren, werden die Leute unser Fehlen bemerken.«

»Nicht wirklich. Ich gehe gern früh morgens joggen«, erwiderte sie, als sie sich ein wenig nach vorn beugte. Der Druck jagte einen wohligen Blitz durch ihren Körper.

Er grunzte. »Ich trainiere nicht so früh.«

»Vielleicht solltest du das.« Eine leise, atemlose

Aussage, als sie einen gottverdammten Miniorgasmus hatte.

Sie war nicht allein. Er erstarrte unter ihr und gab ein Geräusch von sich, das sie dazu brachte, ihn anzusehen.

Ihre Blicke trafen sich. Und wenn sie sich Hirngespinsten hingeben würde, hätte sie gesagt, dass etwas zwischen ihnen ausgetauscht wurde.

Verrückt. »Du hast recht. Wir sollten gehen.« Sie sprang auf die Füße.

»Ich hasse muntere Leute am Morgen«, murrte er.

Sie war nicht munter. Sie wippte auf den Fußballen, überwiegend, um sich von dem Pochen zwischen ihren Beinen abzulenken. Es wollte, dass sie sich wieder hinsetzte.

Auf ihn.

Er drückte sich in eine sitzende Position hoch und die Tasche, die er als Kissen benutzt hatte, wurde sichtbar. »Ich nehme an, du hast keine zusätzliche Ausrüstung mitgebracht?« Es schien, als wäre er vorbereitet losgezogen.

»Wenn du in deinem Zelt geblieben wärst, hätte ich keine gebraucht.«

»Du hättest mir nicht folgen sollen.«

»Aber das habe ich getan, und ich werde es erneut tun, denn es hat funktioniert.«

»Dein Ruf –«

Sie unterbrach ihn. »Wird nicht beeinträchtigt werden, wenn die Leute denken, dass wir es miteinander treiben. Im Gegenteil. Unter den Damen wirst du als sehr attraktiv und als guter Fang erachtet.«

Sein Lachen war schallend, heiser und abwertend. »Wenn sie nur die Wahrheit kannten.«

Er verstand nicht, dass es seinen Reiz verstärkte, ein gebrochener Mann zu sein, besonders wenn sie einen flüchtigen Blick auf den selbstsicheren Soldaten bekam, der er einst gewesen war. Und dann war da einfach etwas, ein Reiz, dem zu widerstehen ihr äußerst schwerfiel.

Warum sollte sie? Es war eine Weile her, seit irgendein Kerl ihr Interesse geweckt hatte, und sie wusste aus Erfahrung, dass es nur *mehr* Probleme verursachte, Leuten die Gelegenheit zu verwehren, vor einer Mission ihrer Lust nachzugeben.

Einen Moment mal, dachte sie wirklich darüber nach, mit einem Kerl zu schlafen, der noch vor wenigen Tagen dabei war, sich zu Tode zu trinken? Ein Mann, den sie erst kennengelernt hatte, der sie bereits dazu brachte, sich für sie ungewöhnlich zu verhalten? Das, mehr als alles andere, löste in ihr den plötzlichen Drang aus wegzukommen. »Kommst du? Wir könnten jederzeit so tun, als hätten wir uns für eine frühmorgendliche Joggingrunde getroffen.«

»Die Wachposten werden wissen, dass das Bockmist ist«, erinnerte er sie.

Sie grinste. »Die wissen bereits, dass wir letzte Nacht verschwunden und nicht zurückgekehrt sind. Und wir wissen alle, wie schnell sich Gerüchte verbreiten.«

Sein Blick wurde finster. »Schneller als mein

Großvater fliegen konnte, als Mrs. Bettina anzudeuten begann, dass er sie zu einer ehrenwerten Frau machen sollte.«

Aus irgendeinem Grund empfand sie das als schrecklich lustig und kicherte immer noch, als sie hocherhobenen Hauptes zum Lager zurückkehrten. Die Leute gingen ständig miteinander ins Bett. Es war nichts seltsam an der Tatsache, dass sie vielleicht flachgelegt worden war. Sie hatte nichts falsch gemacht, und auch wenn sie ein paar neugierige Blicke bekam, sagte niemand ein Wort zu ihr.

Als sie auf ihr Zelt zuging, bemerkte sie, dass diejenigen, die bereits auf waren, gut ausgeruht erschienen. Auch beim Frühstück, dem sich anzuschließen der Captain fertigbrachte, gab es keinerlei Anzeichen von Müdigkeit. Sein Blick jedoch war in jede Richtung bis auf die ihre gerichtet.

Außer, als sie sich beide ihrer Teller entledigten. Er endete neben ihr und murmelte: »Danke.«

Aus irgendeinem Grund brachte es sie zum Lächeln.

Das ganze Geschwader schwang sich an diesem Tag in die Lüfte und zum ersten Mal war es kein Riesendurcheinander. Selbst die Drachen folgten mehr oder weniger dem allgemeinen Plan.

Da an diesem Nachmittag eine Wolkendecke am Himmel hing, mussten sie sich keine Gedanken um den Satelliten machen und starteten ein paar Wolkenflüge, bei denen der Captain seine Versteckfähigkeiten demonstrierte.

Beim Abendessen bemerkte sie, wie ein Flachmann herumgereicht wurde, was sie ignorierte, bis er Eli angeboten wurde.

Er starrte ihn an und sie sah die Sehnsucht in seinen Augen, bevor er ihn von sich schob und deutlich sagte: »Ich brauche etwas Nichtalkoholisches.«

Niemand machte sich über ihn lustig. Der Flachmann wurde weggeräumt und durch Limonade ersetzt, während das Geplauder am Tisch weiterging.

Als Yvette ihre Mahlzeit beendet hatte, schlüpfte sie aus dem Speisezelt, um einen Spaziergang zu machen. Kurz darauf hörte sie Schritte, die auf sie zukamen.

»Colonel, kann ich Sie kurz sprechen?«

»Natürlich, Captain.« Sie hielt es professionell. »Ich nehme an, es geht um das heutige Training.«

»Es hätte besser sein können.«

»Das hätte es.«

»Thomas weiß es besser, als aus der Formation zu fallen.«

»Das tut er, was der Grund war, warum er einen strengen Verweis und Latrinendienst bekommen hat.«

Es war nicht nötig, ihn anzusehen, um die Grimasse zu erkennen, sein Tonfall sagte bereits alles. »Brutal.«

»Und was hätten Sie getan?«, fragte sie.

»Dasselbe.«

»In gewisser Hinsicht sind Sie und ich uns ähnlich«, sagte sie.

»Ha.« Er prustete.

»Wir sind beide Geschwaderführer, die schwere

Entscheidungen treffen und unter Schuldgefühlen leiden, wenn wir denken, wir hätten versagt.«

»Aber wir sind in der Hinsicht anders, dass Sie sich davon niemals brechen lassen.«

»Ich hatte mehr Übung darin, wieder aufzustehen. Wenn drei Brüder, die mein Liebesleben als Teenager zur Hölle gemacht haben, es nicht geschafft haben, meine Jungfräulichkeit zu bewahren, dann schätze ich, dass ich mit fast allem umgehen kann.«

Er bebte und sie blickte zu ihm, um zu erkennen, dass er leise lachte. Seine Lippen zuckten.

»Haben Sie irgendwelche Geschwister?«, fragte sie.

»Einen Bruder. Er sitzt aufgrund eines Blauhäher-Unfalls im Rollstuhl.«

Sie zog die Augenbrauen hoch. »Wegen eines … Blauhähers?«

»Ja. Ein Blauhäher ist vor sein Auto geflogen und der Idiot hat das Lenkrad herumgerissen, um auszuweichen. Er ist gegen einen Telefonmast gefahren«, erklärte Eli.

»Das ist scheiße.«

»Es stellte sich heraus, dass es gar nicht so schlecht war. Er hat seine Frau kennengelernt, die eine der Reha-Schwestern war. Sie haben mittlerweile mehrere Kinder und er führt von zu Hause aus eine erfolgreiche IT-Firma.«

»Haben Sie je daran gedacht, eine Familie zu gründen?«

»Nein. Sie?«

Sie rollte die Schultern zurück. »Ich habe nie

darüber nachgedacht. Ich meine, meine Mutter nervt mich damit, aber ...«

»Mein Bruder sagt, es ginge nur darum, die Richtige zu finden.« Aus irgendeinem Grund sah sie ihn an, als er das sagte. Er starrte sie an.

Ihre Blicke trafen sich.

Ein Moment voller Anspannung und Erwartung machte sich breit.

Er brach ihn. »Ich sollte schlafen gehen. Wie ich hörte, hat der Colonel für morgen einen heftigen Tag geplant.«

»Da haben Sie richtig gehört. Also zwingen Sie mich nicht dazu, Sie ausfindig zu machen. Wir sehen uns in Ihrem Zelt.«

»Ja, Ma'am.« Eine tiefe, knurrende Zustimmung, die Schmetterlinge in ihrem Bauch flattern ließ. In ihrem Alter war das unschicklich.

Und doch konnte sie nicht anders. Nach dem, was an diesem Morgen passiert war ... Sie erwartete einen interessanten Abend. Möglicherweise einen nackten. Was bedeutete, dass sie sich die Zeit nahm, ihre Arme und Achseln zu rasieren, bevor sie sich darauf vorbereitete, in Elis Zelt zu schleichen. Es machte keinen Sinn, allzu offensichtlich damit zu sein.

Gleichzeitig kümmerte es sie nicht sonderlich. Sex war normal und gesund, zumindest laut ihrer Mutter. Während ihr Vater und ihre Brüder predigten, dass vor der Ehe nichts passieren sollte. Was Owen mit seiner Freundin offensichtlich ignorierte, wenn man Yvettes Zwillingsneffen bedachte.

Wäre Eli in der Angelegenheit schüchtern oder

forsch? Wenn er schüchtern war, läge es dann an ihr, ihn zu verführen? Wie wäre es, wenn er die Kontrolle übernähme? Sie mochte vielleicht in der Luft befehlen, aber ein Teil von ihr fragte sich, wie es im Bett wäre. Ihre bisherigen Erfahrungen hatten keine wirklich guten Beispiele.

Als sie den Verschluss zu seinem Zelt öffnete, raste ihr Herz. Es war eine Weile her, seit sie so nervös gewesen war.

Beim Eintreten brauchten ihre Augen einen Moment, um sich an die Dunkelheit zu gewöhnen. Eine Sekunde, um zu erkennen, dass er sich dazu entschieden hatte, mit einer Decke und einem Kissen auf dem Boden zu schlafen und ihr die Pritsche zu überlassen.

Die Zurückweisung schmerzte.

KAPITEL ZWÖLF

Eli konnte nicht glauben, dass sie sich in sein Zelt geschlichen hatte. Trotz des seltsamen Morgens, von dem er sich halb überzeugt hatte, dass er nie geschehen war, hatte er angenommen, dass sie es sich anders überlegen würde. Immerhin war es nicht angemessen. Ein Colonel, der eine Schande für die Uniform tröstete?

Ihm mit seinen Albträumen zu helfen ging weit über die Pflicht hinaus. Er wusste mit Sicherheit, dass die meisten in ihrer Position sich nicht solche Mühe machen würden wie sie. Auf der anderen Seite, wären die Rollen vertauscht gewesen, hätte er alles getan, um zu helfen – bis darauf, mit einer Frau unter seinem Befehl zu schlafen. Eine solche Sache konnte einen Mann vor das Militärgericht bringen. In diesem Fall könnte der Colonel Schwierigkeiten bekommen, aber nur, wenn der Captain Beschwerde einreichte. Und dazu hatte er keinerlei Absicht.

Nicht, wenn er ihr dafür zu danken hatte, ihn aus seiner Apathie geholt zu haben.

Aber auch wenn er es nicht melden würde, würden andere einen falschen Eindruck bekommen. Ihr Ruf könnte darunter leiden. Und dann müsste er manche Leute schlagen, die das Falsche gesagt hatten. Womit er vermutlich erneut in Schwierigkeiten geriet.

Was der Grund war, warum er das Richtige tun würde. Sie würde das Bett bekommen. Er nahm den Boden.

Eine Entscheidung, die er in dem Moment bereute, in dem sie sein Zelt betrat.

Sie betrachtete das Innere und erstarrte, als sie bemerkte, was er getan hatte. Sie sagte kein Wort. Sie zog ihre Jacke aus und legte sie ans Fußende des Bettes. Somit blieb sie in einem weißen T-Shirt und einer Baumwolljogginghose mit Gummibund an den Knöcheln zurück. Sie entledigte sich ihrer aufgeschnürten Kampfstiefel, was ihre nackten Füße offenbarte. Sie hatte sich das Haar aus dem Gesicht gebunden. Sie trug kein Make-up, nicht einmal die geringste Spur davon. Bei ihrer reinen Haut und ihren perfekten Zügen brauchte sie das nicht.

Sie hatte noch nichts gesagt. Sollte er? Was sollte er sagen? Wie sollte er es sagen, wenn sein Mund trockener war als die Wüste, in der sie dem Schmugglerring gefolgt waren? Er wollte so sehr etwas trinken und gleichzeitig wollte er es nicht, denn wenn er auch nur einen Tropfen in den Mund nahm, würde er dieses Lager verlassen müssen.

Das durfte nicht passieren.

Er brauchte das hier.

Die Pritsche quietschte, als der Colonel sich darauflegte. Er dachte als seine Vorgesetzte an sie. Sicherlich würde das gegen die Anspannung in ihm helfen. Er schloss die Augen und konnte sich nur an diesen Morgen erinnern. Wie sie subtilen Druck auf sie beide ausgeübt hatte. Wie sie den intimen Moment genossen hatte.

Die Federn der Pritsche knarzten, als sie sich bewegte. Sie wurde ruhig und kurz darauf war das Rascheln der Decke zu hören, an der sie zog. Sie lag leise atmend da.

Er hielt die Luft an, bis seine Lunge schrie, dann erstickte er beinahe, als er wieder einatmete. Sobald er mit dem Husten fertig war, verstummte er und verfluchte sich innerlich dafür, so ein verdammter Idiot zu sein.

Sie sagte nichts. Vermutlich bereute sie ihr Versprechen des Morgens.

Oder hatte er sich alles eingebildet? Vielleicht … war alles ein Traum. Ein feuchter Traum würde alles erklären.

Er befühlte das Gummiband an seinem Handgelenk. Da er sprechen musste, würde er warten müssen, bis sie einschlief, ansonsten würde sie ihn hören.

Das Lager, das überwiegend in Nachtruhe übergegangen war, offenbarte nur hin und wieder eine Stimme in der Ferne, die laut war und meist in Gelächter endete. Die Zeit verstrich.

Das Feldbett knarzte, als sie sich umdrehte.

Er konnte sich nicht bewegen. Der Boden wurde

nicht bequemer. Das war so verdammt unangenehm. Warum war er nicht zu seinem Baum zurückgekehrt? Hätte sie ihn gefunden? Wäre sie auf ihn geklettert und hätte ihn auf die wunderbarste Art überhaupt aufwachen lassen?

Die Pritschte gab Geräusche von sich, als sie sich erneut bewegte. Sie seufzte und sagte leise: »Ich weiß, dass du nicht schläfst.«

»Du auch nicht«, gab er zurück.

»Hast du Angst davor?«

Er sagte fast »Ja«, da es einmal so gewesen war, dass das Schließen seiner Augen bedeutete, diese schreckliche Zeit in seinem Leben wieder zu durchleben. Aber in letzter Zeit war der Schlaf so, wie er sein sollte – erholsam und leer. Und heute Morgen? Er war tatsächlich glücklich aufgewacht.

»Es ist nicht die Angst, die mich zurückhält«, gab er schließlich zu.

»Was dann?«

»Ehrlich? Es ist seltsam, dich hierzuhaben. Ich bin nicht daran gewöhnt, meine Räumlichkeiten zu teilen.«

»Schwachsinn«, erwiderte sie. »Du warst auf Missionen, bei denen ich weiß, dass ihr eng beieinander wart.«

»Ja. Aber das ist anders.«

»Inwiefern?«

»Bei einer Mission sind wir in einer Aufgabe vereint.«

»Wir auch. Eine, die beinhaltet, das alle schlafen können. Also sehe ich das Problem nicht.«

Es musste ausgesprochen werden, damit sie es verstand. »Ich fühle mich zu dir hingezogen.«

»Dessen bin ich mir bewusst.«

Sonst nichts. Was bedeutete das?

»Dann weißt du, dass es die Dinge schwieriger macht, dich in der Nähe zu haben, da ich Probleme habe, einige meiner Gedanken zu kontrollieren.« Das Unangenehmste und Ehrlichste, was er je hatte sagen müssen.

Verdammt, er wollte etwas trinken.

Und wie half sie ihm? »Ich dachte, wir hätten heute Morgen festgestellt, dass ich dieselben Gefühle hege.«

Moment, hatte sie soeben bestätigt, dass er es sich nicht eingebildet hatte? »Also habe ich mir dich bei mir im Wald nicht eingebildet?«

Sie drehte sich um und sah ihn über den Rand des Feldbettes aus an. »Du dachtest, du hättest es dir eingebildet?«

Er zuckte in seinem Nest aus Decken die Achseln. »Es wäre nicht das erste Mal.«

»Wir haben eine vollständige Unterhaltung geführt. Wie konntest du das nicht erkennen?«

»Ich bin einmal aufgewacht und dachte, ich wäre tatsächlich auf einem Abenteuer gewesen, bei dem ich Höhlen erforscht und gegen Höhlenspinnen gekämpft habe.« Als er zu sich gekommen war, war es im Wald gewesen – nackt, zerkratzt und mit der späteren Erkenntnis, dass er fünf Tage lang verschwunden gewesen war.

»Warst du betrunken oder high?«

»Vermutlich«, gab er zu.

»Warst du das letzte Nacht?«

»Nein.«

»Bist du es im Moment?«

»Nein.«

»Hast du es dir anders überlegt, zu mir in dieses Bett zu kommen?«

Eine Sekunde lang hatte er keine Antwort, da jegliches Blut seinen Kopf verließ. Sie hatte zugegeben, dass sie ihn begehrte. Wenn er sich auf diese Pritsche legte, würden sie vielleicht Sex haben.

Was nicht zwingend schlecht war. Vielleicht würde es ihn beruhigen, da die Frau aktuell jeden seiner Gedanken darstellte. War es da verwunderlich, dass er Angst vor ihr hatte? Sie war wie eine neue Sucht. Eine, die ihn zurück zu seinem Tiefpunkt schleudern konnte, wo er vielleicht nie wieder auf die Beine kam.

Sag Nein.

Er verdiente die Freude ihrer Nähe nicht.

»Nein.«

»Bist du sicher? Denn die ganze Sache mit dem Beenden der Albträume könnte erforderlich machen, dass wir einander berühren.«

Der Drang, »Ja« zu sagen, tobte in ihm. Es war so lange her, seit er jemandem nahe gewesen war. Sie hatte ihn in seinem verletzlichsten Zustand gesehen, ein schwaches verdammtes Weichei, und dennoch das Angebot gemacht. Vermutlich, weil sie ihn bemitleidete.

Er wandte sich von ihrem Blick ab. »Ich würde die Sache mit dem Schlafen gern ohne Berührung versuchen. Vielleicht werden wir herausfinden, ob ich nur jemanden in der Nähe brauche. Wenn das der Fall ist, werde ich in die Kaserne umziehen.« Nicht die reizvollste Vorstellung, aber wenn es funktionierte ... Weniger Versuchung, mit der er umgehen musste.

Ihr Tonfall war grob, als sie antwortete: »Sei gewarnt, für gewöhnlich bin ich schwer zu wecken, sobald ich eingenickt bin.«

»Was, wenn ich verspreche, zuerst einzuschlafen?« Er zog an dem Gummiband an seinem Handgelenk und drehte es.

»Bist du einer dieser Kerle, die einfach so entscheiden können, dass sie jetzt schlafen?« Sie schnalzte mit der Zunge.

»Ja.«

»Okay, dann tu das.«

Eine Sekunde lang zögerte er. Wollte er wirklich bewusstlos sein? Ja, wenn es ihn von dieser unbehaglichen Unterhaltung befreien würde.

»*Bonne nuit.*« Er zog an dem Gummiband und als er wieder aufwachte, war Yvette praktisch um ihn gewickelt. Ihre sanfte Wärme war Vergnügen und Folter zugleich.

Sie roch perfekt, weiblich und süß. Sie lag zum Teil auf ihm ausgebreitet, was in ihm die Frage aufwarf, ob er einen Albtraum gehabt und sie ihn getröstet hatte.

Oder hatte sie einfach entschieden, dass sie nicht allein schlafen wollte?

War das wichtig? Ihre Wange ruhte auf seiner Brust über dem Stoff des T-Shirts, das er trug. Eine feuchte Stelle zeigte, wo sie sabberte. Ihre Hand lag auf seinem Herzen. Ihr hochgezogenes Knie platzierte ihren Oberschenkel über seinem.

Sie passte viel zu gut an ihn. Er fühlte sich warm. Als wäre das wichtig.

Unaufgefordert streichelte er mit der Hand über ihren Rücken und traf auf den Zopf, zu dem sie ihr Haar geflochten hatte, während sie schlief. Er sollte sofort aufhören. Sie wäre wütend, wenn sie wüsste, dass er es ausgenutzt hatte. Er zwang seine Hand zurück, woraufhin sie sich an ihm rührte.

»Mmm. Nicht aufhören. Mehr.« Es war gemurmelt, und doch zeigte es, dass sie es merkte.

Er musste sich sicher sein. »Schläfst du?«

»Nicht mehr«, schnurrte sie und bewegte sich an ihm.

»Hatte ich einen Albtraum?«

»Nichts, mit dem ich nicht umgehen konnte.«

Er berührte sie weiter, ein leichtes Streicheln über ihren Rücken und ihr Haar.

»Weißt du, worum es in dem Albtraum ging?«, fragte sie leise.

»Ja.« Jedes Mal war es derselbe – oder eine Abwandlung davon.

»Diese letzte Mission?«

Sein Lachen war trocken. »Du meinst Massaker.«

»Wirst du jemals akzeptieren, dass es nicht deine Schuld war?«

Er hielt inne. »Tief drin weiß ich, dass es das nicht war. Aber das macht es nicht richtig.«

»Nichts wird es richtig machen. Aber du musst

wissen, dass du nicht die Schuld hast. Du hast alles getan, was du konntest.«

»Warum fühlt es sich dann so an, als hätte ich mehr tun müssen?« Eine Frage, die er nicht beantworten konnte.

»Weil du ein guter Mann bist, Eli Jacobs.« Sie war an der Reihe, ihn zu packen und sein Kinn so zu neigen, dass sie ihn ansah. Und er konnte nicht anders, als in diesem Blick zu versinken.

»Ich –«

Was auch immer er widersprechen wollte, ging verloren, als ihr Mund den seinen fand. Es überraschte. Es entfachte. Besonders, als sie ihre Hand von seiner Brust hinunter zu einer intimeren Stelle gleiten ließ und ihn durch den Stoff hindurch berührte.

Ihre Beine spannten sich um seinen Oberschenkel herum an und sie rieb.

Die angedeutete Zustimmung machte ihn forsch. Er streichelte sie mit seiner freien Hand und strich über die Erhöhung einer Brust. Bis auf ihr erhitztes Keuchen waren sie still. Sie rieb und drückte seinen Schwanz. Er tat dasselbe mit ihrer Brust. Und als er seine Hand südlich zu ihrer Hose wandern und am Gummiband vorbeigleiten ließ, um die Locken dort unten zu streicheln, drückte sie ihre Hüften an ihn und flüsterte in seinen Mund: »Berühr mich. Lass mich kommen.«

Er bewegte die Finger an den Locken vorbei, um ihre Schamlippen zu spreizen. Die heiße Feuchtigkeit ließ ihn steinhart werden. Er ließ einen Finger in sie hineingleiten, woraufhin sie sich anspannte und leise in seinen Mund stöhnte.

Ihre Hand hielt an seiner Erektion an, zweifelsohne von der Tatsache abgelenkt, dass er sie mit den Fingern vögelte. Ein, zwei und dann ein dritter seiner langen Finger. Er fand diese Stelle in ihr und sein Daumen schaffte es, gleichzeitig an ihrer Klitoris zu reiben.

Ihre Hüften bewegten sich an seiner Hand. Die Geräusche, die sie an seinem Mund machte, brachten ihn fast zum Höhepunkt. Aber er wollte nicht, dass es um ihn ging. Er wollte, dass sie die Lust verspürte.

Er fingerte sie, bis ihr Körper sich versteifte, sie ihn fest umklammerte und ein stockendes Grunzen ihre Lippen verließ, als sie kam.

»Mmm«, stöhnte sie. Ihre Hand drückte weiter und es dauerte nicht lange, bis er eine peinliche nasse Stelle hatte.

Sobald sich seine Atmung beruhigt hatte, war er froh, dass es dunkel war, sodass sie seine Verlegenheit nicht sehen konnte, als er sagte: »Ich muss mich umziehen.«

Sie lachte. »Das tut mir nicht leid. Hast du einen Waschlappen?«

Den hatte er, den er mithilfe einer Feldflasche nass machte und ihr reichte, bevor er sich in der Dunkelheit schnell umzog. Er hörte das Quietschen, als sie wieder in das Feldbett kroch. Als er sich auf dem Boden niederlassen wollte, sagte sie: »Sei nicht albern. Komm zu mir ins Bett.«

Er legte sich vorsichtig hinter sie, als wäre sie eine

Bombe. Sein Körper war steif wie ein Brett, bis sie seine Hand nahm und über sich zog.

»Entspann dich. Schlaf. Es ist erst ungefähr drei Uhr.«

»Aber –«

»Pst.«

Er umarmte ihre Wärme, sein Gesicht an ihren Kopf gedrückt, wo er ihren Duft einatmete. Zu seiner Überraschung brauchte er das Gummiband diesmal nicht.

Als Eli das nächste Mal aufwachte, ragten drei Fremde über ihm auf – große Kerle mit finsterem Blick und glühend gelben Augen, die ihm den Tod versprachen.

KAPITEL DREIZEHN

Yvette wachte plötzlich auf.

Jemand ist hier. Und es war einer der seltenen Zeitpunkte, dass sie keine Waffe in der Hand hielt.

Nicht dass es geholfen hätte.

»Zurück«, bellte Eli.

»Bring uns doch dazu.« Diese geknurrte Drohung erkannte sie.

Oh nein.

Bevor sie reagieren konnte, war der Captain von der Pritsche aufgestanden und hatte sich ihren Brüdern gestellt. Ihnen allen drei. Hier. In diesem Zelt.

Verdammt.

Aber Eli erkannte nicht, dass die einzige Bedrohung ihm galt. Er stand vor ihr, als würde er sie mit seinem Körper schützen. »Lasst uns, welches Problem auch immer ihr habt, nach draußen verlagern.«

»Unser Problem?«, schnaubte Phil. »Mein

Problem ist das, was du mit meiner Schwester machst!«

»Schwester? Oh, scheiße«, war Elis Antwort.

Zeit für Yvette, einzuschreiten. Die Waffe, die sie unter dem Kissen aufbewahrte, war irgendwie nutzlos, da ihre Mutter sie grün und blau schlagen würde, wenn sie einem der Jungs wehtat. Aber das schützte sie nicht vor einer Standpauke. »Was tut ihr hier? Warum schleicht ihr hier herum und kommt unangekündigt in die Zelte anderer?« So viel zu schlechtem Timing. Es half nicht, dass ihr Gefahrenradar nie ausschlug, wenn ihre Brüder entschieden, ihre kleine Schwester zu veräppeln oder auszuspionieren, selbst Jahrzehnte später.

»Was denkst du, was wir tun? Natürlich sehen wir nach dir«, sagte Xavier, der Vernünftige.

»Und das ist auch gut so, sonst hättest du noch etwas Bedauernswertes mit dem Vogelmann gemacht«, schalt Owen.

»Zu spät«, fügte Xavier hinzu. »Wirklich, Ivy, wenn du es mit einem Huhn treiben willst, kannst du dann wenigstens diskret sein?«

»Moment, willst du sagen, sie haben —« Owens Mund wurde rund und ihre Wangen wurden knallrot.

Das blieb nicht unbemerkt.

»Ich werde ihn fressen!«, rief Phil, bevor er aus seiner Kleidung explodierte. Er knurrte und sein Jaguar zeigte bedrohliche Krallen und Zähne, vor denen der Captain mutig und dämlicherweise nicht zurückwich.

Owen begann, an seinem Hemd zu ziehen, was bedeutete, dass es gleich richtig rundgehen würde.

»Genug!«, rief Yvette, die sich auf der Pritsche auf die Knie drückte, da im Zelt kein Platz mehr zum Stehen war.

»Wir haben noch nicht einmal angefangen«, versprach ein hemdloser Owen, während er seine Schuhe auszog.

»Das geht euch nichts an.«

Aus irgendeinem Grund lachte Xavier. »Oh, Ivy. Immer noch ein so dummes Mädchen.«

»Dumm?« Ihre Stimme wurde schrill und senkte sich nur, als sie dasselbe mit ihrer Waffe tat und diese auf ihren Bruder richtete. »Nimm das zurück.«

»Du wirst nicht auf mich schießen«, behauptete Xavier allzu selbstsicher.

»Du meinst, ich werde dich nicht umbringen. Mama wird mir Narben vergeben.« Sie kniff die Augen zusammen.

»Ivy, lass uns nicht verrückt werden«, versuchte Xavier, sie zu besänftigen.

Owen arbeitete an seiner Hose. Phil hockte sich hin und roch an den Zehen des Captains.

Was für ein Riesendurcheinander. Sie nahm die Waffe herunter. Verlegenheit war kein Grund, auf ihren Bruder zu schießen. Das Messer, das sie warf, schnitt ihm oben genügend Haare weg, dass er sie würde rasieren müssen.

Xaviers Miene drückte aus, dass er es ebenfalls wusste und nicht glücklich darüber war. »Unangebracht!«

»Wohl eher sind wir jetzt quitt.«

»Wir haben nicht einmal angefangen«, verkündete Xavier.

»Vielleicht sollte ich gehen«, warf der Captain ein.

»Wirst du weglaufen, feiger Falke?« Owen schnalzte und schlug mit den Flügeln.

»Adler. Weißkopfseeadler, um genau zu sein.«

»Warte einen Moment.« Xaviers Augen wurden schmal. »Du bist der Eiserne Adler.«

»Halt, ist der nicht ungefähr eine Million Jahre alt?«, rief Owen. »Was willst du alter Sack mit meiner Schwester?«, knurrte Owen, während seine Hose auf dem Boden landete. Er wurde zur Katze, woraufhin Xavier den Kopf schüttelte und Yvette ratlos wurde.

Alter Sack? Eli war nur ein paar Jahre älter als sie.

Beide Katzen holten nach dem Captain aus, der nur knapp einer Offenbarung seiner Innereien entging.

»Tu etwas«, brüllte sie ihrem noch bekleideten Bruder zu.

»Einen Teufel werde ich tun. Als ich deinen Freund das letzte Mal verprügelt habe, hast du mir gesagt, du seist eine erwachsene Frau, und wenn ich mich in dein Liebesleben einmische, würdest du mir einen Gips bescheren.«

»Das mache ich vielleicht immer noch.« Ihr Blick wurde finster. Sie stand auf der Pritsche und wedelte mit der Waffe vor ihren pelzigen Brüdern herum. »Wagt es nicht, an den Armen des Captains zu nagen. Er braucht sie zum Fliegen.«

Zwei Katzenaugen richteten sich auf sie und ihr Bruder prustete.

Und der Captain wich dämlicherweise noch immer nicht zurück.

»Captain, hätten Sie etwas dagegen, mir einen Moment mit meinen Brüdern zu geben?«

»Ich stimme zu, dass er gehen muss, während wir uns um unsere Familienangelegenheiten kümmern. Phil wird ihn eskortieren.« Xavier winkte dem Jaguar zu, der bei der Vorstellung bereits sabberte.

»Oh nein, das wird er nicht. Und ich warne euch alle, wenn ihr den Captain auch nur mit einer einzigen Kralle berührt, werde ich noch ein Ohr einschneiden.« Das hatte sie bereits zuvor getan. Phil trug sein Haar lang, um es zu verstecken.

Phil zog sich zurück, indem er sich hinsetzte und verärgert dreinblickte. Owen gab ein wehleidiges Maunzen von sich, das ausdrückte, dass er sich wirklich wünschte, sie würde ihm erlauben, dem Captain die Kehle herauszureißen.

»Werd ja nicht frech«, drohte sie.

Owen fauchte.

Sie beugte sich zu ihm, Nase an Nase, und murmelte: »Stell mich nicht auf die Probe. Es ist Vorsaison.« Wodurch er wusste, dass es die Woche vor der roten Welle bedeutete. Auch bekannt als die Kauf-Schokolade-und-versteck-dich-in-der-Garage-Woche. Sobald ihre Periode einsetzte, neigte sie dazu, etwas weniger verrückt zu sein.

Owen schnaubte und wandte den Blick ab.

Ein triumphierendes Grinsen zog an ihren Lippen

und verblasste, als sie herumwirbelte und Phil dabei erwischte, wie er am nackten Fuß des Captains leckte.

Schließlich wirkte Eli verwirrt. »Äh, Colonel, warum leckt er an meinen Zehen?«

»Er will Sie nur ärgern.«

»Wohl eher will er ihn zart machen«, warf Xavier ein.

»Niemand frisst den Captain.« Sie richtete einen strengen Blick auf ihren Bruder. »Philip John Morris, du nimmst sofort deine Zunge wieder ins Maul.«

»Knurr.«

Sie zielte mit der Waffe. »Ich werde sie dir wegschießen.«

Phil sank ein wenig zurück und Owen, der ewige Störenfried, hob ein Bein. Die Waffe war schnell auf ihn gerichtet. »Tu es und es wird in nächster Zeit dein letztes Pinkeln ohne Schlauch sein«, warnte sie.

Owen zuckte zurück.

Sie beäugte Xavier. »Muss ich dir auch drohen?«

»Sie haben einen Grund«, sagte Eli. »Sie sind Familie.«

»Das gibt ihnen nicht das Recht, sich in mein Leben einzumischen. Wir hatten diese Diskussion schon einmal.«

»Sie sind ihre Schwester. Sie passen nur auf Sie auf«, verteidigte der Captain die Idioten.

Und Xavier hängte sich dran. »Was er gesagt hat!«

Sie funkelte sie alle an. »Das ist nicht das Mittelalter. Niemand darf meine Handlungen oder Entscheidungen bestimmen.«

»Nein, aber wir können dafür sorgen, dass jeder, der sich mit dir anlegt, sich bewusst wird, dass er sich auch mit uns anlegt.« Xavier richtete die Bemerkung an den Captain, der sie souverän aufnahm.

»Verstanden. Und ich würde den Colonel niemals respektlos behandeln.«

»Wie soll ich das dem Mann glauben, den ich in ihrem Zelt gefunden habe?«, rief Xavier.

»Eigentlich ist es mein Zelt«, erwiderte der Captain fast schon entschuldigend.

Phil verwandelte sich wieder in einen Menschen, eine große, nackte Bedrohung, die grummelte: »Das hilft nicht.«

»Aber es stimmt«, sagte Yvette. »Ich bin zu ihm gekommen.« Und dann beeilte sie sich schnell, es zu erklären. »Der Captain hat Probleme mit Albträumen aufgrund einer Posttraumatischen Belastungsstörung. Wir haben ein Experiment darüber durchgeführt, ihre Auswirkungen zu reduzieren.«

»Indem du bei ihm schläfst?«, fragte Xavier ein wenig ungläubig.

»Ja. Wenn ich ihn berühre, hören die Albträume auf.« Es klang schlecht und sie versuchte nicht, es abzumildern.

Phil wurde so rot, dass sie sich Sorgen um ihn machte. Als er explodierte, dann nur, um zu brüllen: »Schwachsinn!«

»Bezeichnest du mich als Lügnerin?«

»Kuscheln heilt eine Belastungsstörung nicht. Wenn dieser Betrüger dir das weisgemacht hat, dann lügt er!«, rief Phil, was in ihr die Frage aufwarf, wie viele Leute zuhörten und urteilten.

Dank ihrer Brüder hatten sie alles soeben wesentlich öffentlicher gemacht.

Der Captain konnte nicht stumm bleiben. »Ich habe eure Schwester niemals respektlos behandelt oder irgendetwas getan, das sie nicht wollte.«

Das stimmte. Als sie in der Nacht wach geworden war, hatte sie seine Hände auf sich gewollt. Und sie hatte sie auch sehr genossen. Eine Schande, dass ihre Brüder auftauchen und bedrohlich sein mussten. Es hätte ein wesentlich besserer Morgen sein können.

Apropos, sie musste pinkeln, sich die Zähne putzen und Koffein finden.

»Können wir das wie vernünftige Erwachsene während des Frühstücks besprechen? Ich jedenfalls könnte Kaffee vertragen. Und weniger schwingende Schwänze im Raum. Sucht euch Klamotten«, befahl sie, bevor sie hinausmarschierte, nur um festzustellen, dass ihre Brüder nicht folgten. Sie steckte ihren Kopf lange genug hinein, um zu bellen: »Sofort! Bevor ich euch öffentlich an den Pranger stelle.«

Als sie abdampfte, hörte sie Owen sagen: »Sie macht Witze, oder? Sind Pranger nicht illegal?«

»Frag nicht mich. Ich lege mich nicht mit ihr an. Ich muss nicht noch weitere Körperteile verlieren.«

Sie drehte sich um und sah, wie ihre Brüder das Zelt des Captains verließen – ohne Blut oder Körperteile, die nicht ihnen gehörten. Der Captain folgte nicht.

Das war vermutlich gut, wenn man bedachte, dass

sie sich ihm noch nicht stellen wollte. Ihre Brüder hatten die seltsame Sache, die zwischen ihr und dem Captain vor sich ging, wirklich verkompliziert. Und wenn irgendjemand im Lager Zweifel an der vergangenen Nacht hatte, dann hatten ihre Brüder soeben dafür gesorgt, dass alle wussten, dass etwas zwischen ihnen lief.

Was aber genau da lief, konnte sie nicht sagen. Auch war sie sich nicht sicher, wie sie dazu stand.

Die einzige Sache, die sie mit Sicherheit wusste? Dass es besser viel Speck und Sirup gab, ansonsten würde jemand sterben.

KAPITEL VIERZEHN

*D*er Tag war noch nicht angebrochen, was bedeutete, dass im Speisezelt noch nichts serviert wurde. In dem Moment, in dem die morgendlichen Mitarbeiter Yvette sahen, wurde eilig der Kaffee aufgesetzt und ihr versichert: »Es wird nicht lange dauern. Wir werden mit dem Essen anfangen.«

Gut, denn sie brauchte etwas, das sie beschäftigte. Sie hatte irgendwie gewusst, was passieren könnte, wenn sie erneut beim Captain schlief. Sie hatte es gewusst und sich darauf gefreut. Und es genossen. Das Problem war jetzt, dass ihre verdammten Brüder dazu entschlossen waren, sie wie eine jungfräuliche Nonne zu behandeln, die einen Keuschheitsgürtel tragen sollte.

Sie folgten ihr ins Speisezelt, wobei sie Trainingsanzüge und finstere Blicke trugen. Sie umgaben sie am Tisch, Owen und Phil ihr gegenüber, Xavier an ihrer Seite.

Da sie nicht den Kopf einziehen würde, griff sie

zuerst an. »Was zur Hölle habt ihr euch dabei gedacht, einfach so hereinzuplatzen?«

Owen brauste auf. »Wir sind gekommen, um nach dir zu sehen, und haben dich mit diesem – diesem –«

»Snack gefunden«, beendete Phil den Satz.

Sie verdrehte die Augen. »Hört auf mit dem Ich-bin-ein-großes-böses-Raubtier-Mist. Ihr hattet kein Recht dazu.«

»Du bist unsere Schwester«, merkte Xavier an.

»Ja. Und ihr seid meine Brüder. Seht ihr mich, wie ich in euer Privatleben stürme und die Frauen bedrohe, mit denen ihr schlaft?«, fragte sie mit hochgezogener Braue.

Da er ein Idiot war, sagte Phil: »Ich hätte kein Problem damit, da es zeigen würde, dass du dich sorgst.«

Sie blinzelte. »Bist du wahnsinnig? Das ist kein normales Verhalten.«

»Wir passen nur auf dich auf.« Xaviers beschwichtigender Tonfall brachte ihm beinahe ihren Ellbogen ein.

»Ihr wisst schon, dass ich eine erwachsene Frau bin? Fast vierzig Jahre alt. Und keine Jungfrau.«

Das J-Wort brachte Owen dazu, die Finger in die Ohren zu stecken und »La, la, la« zu singen, während Phil würgte. Xavier legte eine Hand über sein Herz. »Mach nicht solche Witze. Das ist nicht lustig.«

»Seid ihr ernsthaft so kindisch?«, schnaubte sie.

»Ja«, erwiderte Xavier unverblümt.

»Ihr seid chauvinistische Kater!« Die Tatsache, dass sie ein Magazin in schneller Abfolge auf eine

Stelle verschießen konnte, bedeutete ihnen gar nichts. Sie war Baby Ivy. Dass sie sich dem Militär angeschlossen hatte, damit sie dem Gestaltwandlergremium dienen konnte, hatte diese Auffassung nicht geändert. »Warum seid ihr überhaupt hier? Ich dachte, ihr hättet einen Auftrag in Frankreich.«

»Der hat sich als absoluter Reinfall herausgestellt«, verkündete Phil.

»Nur weil du auf das Sicherheitssystem unserer Zielperson gepinkelt hast«, murmelte Xavier.

»Ich musste mal.«

»Du und deine Besessenheit mit französischem Kaffee«, schnaubte Owen.

»Besser als die Liebesaffäre, die du mit ihrem Brot hast«, beleidigte Phil ihn.

Owen zog seinen Bauch ein. »Hast du mich gerade fett genannt mit deiner Vaterwampe?«

»Ich bin in wesentlich besserer Form als du, und das mit doppelt so vielen Kindern.« Phil streckte seine Brust heraus.

Xavier beendete den Streit mit einer Erinnerung. »Leute, wir sind nicht hier, um miteinander zu kämpfen.«

»Du hast recht. Ivy ist diejenige, die in Schwierigkeiten steckt.« Phil funkelte sie an. »Weil sie in wilder Ehe mit einem Kerl lebt.«

»Mit einem alten Hahn.« Owen schlug sich mit einer Faust in die Handfläche. »Der denkt, er könne unsere kleine Schwester berühren.«

Sie verdrehte die Augen und log ein wenig. »Zum

letzten Mal, es ist nichts passiert. Er hat Albträume. Es beendet sie, wenn ich da bin.«

»Und dafür ist es nötig, in der Löffelchenstellung zu liegen?«

»Die Feldbetten sind klein. Es ist gut, dass ich schlafe wie ein Stein.«

»Ein Stein, ja. Wie eine um einen Mann gewickelte Boa Constrictor? Nein.« Phil war aufmerksamer, als sie es ihm zuschrieb.

Sie hatten recht. Der Captain löste in ihr ein seltsames Verhalten aus.

»Warum seid ihr wirklich hier?« Eine sicherere Frage, als auf seine Beschuldigung zu reagieren.

»Zum Teil, weil Xavier nach seiner lieben Jaimie sehen wollte«, gurrte Owen.

»Wollte ich nicht, Idiot.« Xavier wirbelte herum und holte aus, aber Owen blieb außer Reichweite.

»Sieh dich an, wie du schon wieder lügst«, rügte Phil kopfschüttelnd.

Wahrheit! Alle wussten, dass Xavier in Jaimie verknallt war. Nur waren sich Jaimie und Xavier dieser Tatsache nicht bewusst. Es gab eine Geldwette darüber, wie lange es dauern würde, bis sie zusammenkamen.

Bisher sah es aus, als würde Yvette mit der Prophezeiung *Wenn die Hölle zufriert* gewinnen. Ernsthaft, ihr großer Bruder und ihre beste Freundin? Widerlich.

»Natürlich bist du nicht ihretwegen hier. Ich meine, sie trifft sich immerhin mit diesem Kerl.« Yvette streckte die Wahrheit ein wenig. Jaimie hatte sich von jemandem einen Drink spendieren lassen. Von einem sechzig Jahre alten Veteranen, der von seiner lieben Frau Mary sprach, die ihre Schwester in Florida besuchte. Jaimie hatte zugestimmt, bei einer Runde Euchre seine Partnerin zu sein.

»Kerl? Welcher Kerl?«, fragte Xavier gereizt.

Owen seufzte. Phil lachte und Yvette hoffte, dass sie nicht so dumm war, wenn sie sich verliebte.

»Morgen.«

Sie fiel beinahe von der Bank, als der Captain sie grüßte. Sie wirbelte halb herum, um ihm einen Blick zuzuwerfen. »Was tun Sie hier?«

»Frühstücken.« Er stellte sein Tablett auf den leeren Platz neben ihr. Zwei Tabletts, von denen er ihr eines zuschob. Sie war so damit beschäftigt gewesen, mit ihren Brüdern zu streiten, dass sie vergessen hatte, sich irgendetwas zu holen.

Zum Teufel, sie hatte nicht einmal bemerkt, wie er hereingekommen war. Das Tablett vor ihr enthielt einen großen Becher Kaffee mit Plastikdeckel, einen Teller Speck, Orangenschnitzen und ein paar Päckchen Sirup. Woher wusste er das?

Xavier knurrte. »Such dir einen anderen Tisch.«

»Nein.« Der Captain nahm einen Löffel voll Haferbrei, runzelte die Stirn, öffnete ein paar Zuckerpäckchen und kippte sie über das klumpige Zeug.

Es war ungeheuerlich. Mutig. Dämlich. Und unterhaltsam, da ihre Brüder ihn schockiert anstarrten.

»Ich beginne ernsthaft zu denken, dass das Hühnchen will, dass wir es fressen«, verkündete Phil.

»Denkt ihr, die Küche hat Buttermilch und Mehl, um einen Teig zu machen?« Owen hatte diesen Ausdruck in den Augen, der sagte, dass er eine Idee für ein Rezept hatte.

»Nicht witzig!«, knurrte sie, während sie den Becher heißen Kaffees in den Händen hielt. Ein Schluck stellte ihn als schwarz und stark heraus, genau so, wie sie ihn mochte.

»Wo ist unser Kaffee?«, fragte Xavier.

Jacobs ruckte mit dem Kopf. »Ich hatte nur zwei Hände.«

Zu jedermanns Überraschung kamen zwei Mitarbeiter der Küche mit drei weiteren Tabletts und einer Kanne Kaffee herüber. Natürlich dem Captain zu verdanken, da dieser weiteraß und alles ignorierte, was vor sich ging.

Ihre Brüder kippten alles an Zucker und Milch hinein, was sie in die Pfoten bekamen, bis sie ihren Kaffee ruinierten. Jacobs nahm es ausdruckslos auf.

Warum hatte er sich ihr zum Frühstück angeschlossen? Könnte es Masochismus sein? Der Mann schien darauf aus zu sein, sich zu foltern. Sicherlich hatte er es nicht aus deplatzierter Zuneigung getan. Oder noch schlimmer, aus Ritterlichkeit. Sex war nur Sex. Sonst nichts, es sei denn, beide Parteien wollten die ganze Beziehungssache.

Was für sie ausgeschlossen war. Sie hatte keinerlei Interesse an einem Partner. Sie bezweifelte, dass sie für einen bereit war, selbst wenn sie gut zusammen schliefen.

Durch die Selbstbeobachtung verpasste sie die

Unterhaltung ihrer Brüder – die sich, welch Überraschung, nur darum drehte, Jacobs zu ärgern.

»Also, ist es wahr, dass ihr während Missionen Eierbomben auf den Feind fallen lasst?« Phil wusste sehr wohl, dass das ein geschmackloser Witz war.

Jacobs schluckte seinen Kaffee herunter, bevor er sagte: »Keine Eier. Wir tragen allerdings aktive Bomben bei uns. Wie diese. Fang.« Die Bewegung war schnell und Owen fiel von der Bank, als er das packte, was der Captain warf.

Keine Bombe. Owen erhob sich mit einem Apfel und einem finsteren Blick. »Nicht witzig.«

Ein Lächeln umspielte die Lippen des Captains. »Ach was.« Ein subtiler Hieb gegen die vorherige Beleidigung.

»Welche Bomben benutzt ihr im Einsatz?«, fragte Xavier.

»Hängt vom Auftrag ab. Wie vertraut seid ihr mit den verschiedenen Sprengkörpern, die mittlerweile verfügbar sind?«

Phil grinste. »Kumpel, wir stehen auf alles, was *boom* macht.«

»Und doch seid ihr nicht beim Militär.« Der Captain stellte sich als scharfsinnig heraus, denn er bemerkte, dass ihre Brüder keine der typischen Militäranzeichen vorwiesen. Sie saßen zusammengesackt am Tisch und ihre Frisuren entsprachen definitiv keinerlei Regelungen – dazu noch das mangelnde Interesse am Dienstgrad.

»Oh, scheiße nein, wir arbeiten nicht für die

Regierung«, erwiderte Owen mit einer abweisenden Handbewegung.

»Es sei denn, sie bezahlt einen Haufen Geld«, korrigierte Phil.

»Seid ihr in Wahrheit deshalb hier?« Yvette klammerte sich an die Aussage, da sie ihren Besuch jetzt in einem anderen Licht sah.

»Kleine Schwester, bittest du uns darum, geheime Befehle preiszugeben?«, zog Xavier sie auf.

Und ohne irgendetwas zu offenbaren, offenbarte er alles. Verdammtes Gremium. Sie hatten noch mehr Teams eingestellt, um bei ihrem Dilemma zu helfen. Zumindest nahmen sie die Gefahr ernst. Ihre Brüder mochten sie vielleicht verrückt machen, aber sie waren verdammt gute Söldner.

»Ich nehme an, ihr seid jemandem unterstellt, der euch alles gibt, was ihr braucht«, sagte sie, wobei sie sich zurücklehnte, als jemand noch weitere Teller mit Essen brachte. Das war gut, denn ihr Stapel Speck war weg.

Runde zwei bestand aus weichem, heißem Rührei, Bratwurst, Bratkartoffeln und Toast. Welchen sie sofort mit Marmelade bestrich.

Zuerst süß. Dann salzig.

Alle aßen. Sie schob die Bratwurst beiseite – nicht ihr Ding. Jacobs tauschte sie gegen seine nicht gegessenen Kartoffeln aus. Er fragte nicht. Er tat einfach so, als wäre es das Natürlichste der Welt.

Ihre Brüder bemerkten es, und auch wenn ihr in den Sinn kam, ihnen zu sagen, dass es ein Zufallstreffer war, stellte es für sie eine große Unterhaltungsquelle dar, wie sie den sehr ruhigen Captain argwöhnisch musterten. Es erschien nur fair, den Gefallen zu erwidern, wenn sie sie schon verrückt machten.

»Um welche Uhrzeit wollen Sie das Geschwader bereit haben, Colonel?«, fragte der Captain, als sie mit ihrer Mahlzeit fertig waren und er sich ihren Teller geschnappt hatte – nur ihren.

»Ich will in zwanzig Minuten in der Luft sein. Curry sollte bereits auf der Startbahn sein, um das Geschwader zusammenzurufen.«

»Was bedeutet, dass ich mich in Bewegung setzen sollte. Bis gleich, Ma'am.« Der Captain nickte hochachtungsvoll, dann schenkte er ihren Brüdern trockene Abschiedsworte. »Es war mir ein Vergnügen, die Herren. Wir sollten das wiederholen.«

Erst als er das Zelt verlassen hatte, sagte Xavier: »Bin das nur ich? Ich mag ihn irgendwie.«

KAPITEL FÜNFZEHN

*E*li lächelte immer noch, als er die Startbahn erreichte. Das Flugzeug, das sie in die Luft bringen würde, wartete hinten geöffnet, wo Curry mit einem Tablet stand und eine Checkliste durchging. Eli öffnete den Mund, um nach dem Status zu fragen, dann schloss er ihn wieder.

Dieses Geschwader stand nicht mehr unter seinem Kommando.

Einen Moment lang spürte er ein Stechen über den Verlust dessen, was er einst gewesen war. Er verdrängte es. Kleine Schritte. Er versuchte wenigstens, wieder mit einem Ziel zu fliegen, und nicht, weil er sich nach einem leckeren Schneehasen sehnte. Es fühlte sich gut an, mit seinem Leben und seinen Fähigkeiten etwas Lohnenswertes zu tun.

»Morgen, Captain«, sagte Curry, als er den Kopf hob. Er schenkte ihm einen beiläufigen Salut, mehr als er tun musste, da dies kein offizieller Militärstützpunkt war und sie denselben Dienstrang hatten.

»Morgen.« Es schien so banal, es zu sagen, wenn es in Wirklichkeit ein verdammt fantastischer Morgen war.

»Du siehst gut ausgeruht aus.«

»Ich hatte eine fantastische Nacht.« Erneut eine Untertreibung. »Du?« Der Small Talk hatte noch nicht das Wohlfühllevel von zuvor erreicht. Das war mehr als alles andere Elis Schuld. Zuvor hatte sein Stolz keinerlei Probleme damit gehabt, mit jemandem zu sprechen. Jetzt litt er unter leichtem Zögern, als würden die, mit denen er sprach, ihn zurückweisen. Und doch hatte Curry nichts dergleichen getan. Curry hatte ihn einfach begrüßt, als hätte es nicht diese hässliche Zeit gegeben, während derer Eli sich verloren hatte.

»Ich vermisse meine Frau und die Kinder.« Curry rümpfte die Nase. »Ich habe gestern Abend mit Patty gesprochen. Pierre hat es in das Lacrosse-Team geschafft.«

»Großartig.« Und das war es wirklich, denn Eli liebte diesen Jungen. Er war da gewesen, als das Kind geboren wurde, und hatte dafür gesorgt, dass Curry Zigarren zu verteilen hatte. Er hatte dem Kind ein außerordentlich albernes motorisiertes Spielzeug gekauft, in dem Pierre durch den Garten sauste. Patty, Edwin Currys Frau, war nicht begeistert gewesen. Obwohl sie über den riesigen pinkfarbenen Panda gelächelt hatte, den er ihrer jüngsten Tochter in einem Jahr zu Weihnachten geschenkt hatte.

»Du hattest heute Morgen beim Frühstück interessante Gesellschaft. Seit wann hängst du mit riesigen

Katzen ab?«, fragte Curry nebenbei, aber die Neugier ließ sich nicht verbergen.

»Ich hatte keine Wahl, da sie die Brüder des Colonels sind.«

»Und warum hast du etwas mit der Familie des Colonels zu tun?« Eine unschuldige Frage, und doch machte sie Eli nervös.

»Ich, äh, wusste nicht, dass sie zu ihrer Familie gehören, als ich mich hingesetzt habe«, stammelte Eli. »Ich dachte, sie könnte Hilfe gebrauchen.«

»Du hast den Colonel doch schon kennengelernt, oder? Die Frau ist immer bewaffnet und zieht schnell.«

Eli runzelte die Stirn. »Das ist mir noch nicht aufgefallen.« Er dachte an Zeiten zurück, während derer sie in seiner Anwesenheit eine Waffe hervorgeholt hatte. Okay, vielleicht zog sie tatsächlich ein wenig schnell. Bisher hatte sie noch auf niemanden geschossen oder jemanden mit dem riesigen Messer ausgeweidet, das sie gern an ihrer Wade trug. Er wechselte das Thema. »Also, welches Szenario gehen wir heute durch?« Allen war gesagt worden, dass sie sich zusammenfinden und auf die Simulation einer ehemaligen Übung vorbereiten sollten, die einige Änderungen enthielt, um es unvorhersehbar zu machen.

»Nichts allzu Hartes. Der Colonel hat gesagt, sie würde es uns morgens wissen lassen.«

»Keine Vorankündigung der Übung?« Nicht dass sie diese brauchen sollten. Alle konnten fliegen. Das war nicht das Problem. Die Leute dazu zu bringen, harmonisch miteinander zu arbeiten? Daran arbeiteten sie noch immer.

»Nicht einmal ein Hinweis.« Curry schüttelte den Kopf. »Sie testet unser Wissen.«

Da er es selbst getan hatte, konnte Eli keinen Fehler daran finden, außer dass es zu früh war. Bisher waren ihre Flüge als Gruppe holprig gewesen, was jedoch nicht die Schuld des Colonels war. Welche Zweifel er auch immer an ihr in der Luft gehabt hatte, waren beseitigt worden. Die Frau wusste, was sie tat. Sie konnte Befehle brüllen und mit gutem Beispiel vorangehen.

Aber es gab einen Aspekt, der Eli noch immer störte. Wenn sie ihren Sitz auf der fliegenden Stute verlor, würde sie fallen. Und die Idiotin schien nie einen Fallschirm zu tragen.

Apropos, sie erschien, eine stoische Gestalt in figurbetontem Schwarz, die Haare zurückgebunden und die Miene genervt, als sie die beiden diskutierenden Brüder und einen dritten ignorierte, der belustigt zu sein schien.

Eli sollte sich vermutlich glücklich schätzen, dass er diesem ersten Treffen ohne einen Kratzer entkommen war.

»Was hast du über sie erfahren?«, fragte Curry. Mit *sie* waren eindeutig die Brüder gemeint. Neugier war nicht nur für Katzen.

Eli zog seine Schultern hoch und ließ sie wieder sinken. »Nicht viel, nur dass sie ihre kleine Schwester gernhaben.«

Curry schürzte die Lippen. »Ich wette, der Colonel liebt das einfach.«

Aus irgendeinem Grund brachte das Eli zum Grinsen. »Familie. Sie muss sie lieben, ansonsten hätte sie sie umgebracht.«

»Warum sind sie hier?«

»Keine Ahnung.«

»Niemand scheint das zu wissen. Aber der Konsens ist, dass sie Söldner sind. Sie sind vermutlich als Teil unserer Mission hier«, erklärte Curry.

»So wie ich es mitbekommen habe, könnte das stimmen.« Nicht dass Eli wusste, wie das funktionieren würde. Luft und Boden konnten nur im Tandem arbeiten, da erwachsene Männer viel zu groß waren, um sie durch die Lüfte zu tragen.

Es warf in ihm die Frage auf, da er Jaimie getroffen hatte, ob die männlichen Pferde stark genug waren, um Männer zu tragen. Würde ihr Stolz es ihnen überhaupt erlauben? Denn Eli musste zugeben, ein Teil seiner Weigerung, es zu tun, bestand darin, dass er kein Taxi für andere sein wollte.

»Ich sehe keine Waffen.« Curry musterte die ankommenden Männer. Seine Hand mit dem Tablet fiel zu seiner Seite. Die Brüder trugen braune Tarnanzüge, eine Abwechslung zu dem Schwarz, in dem sie in das Lager eingedrungen waren.

»Vermutlich weil sie sich schnell verwandeln.« Er erklärte nicht, woher er das wusste.

»Aber eine Katze ist in der Luft nicht sehr nützlich.« Curry sprach unverblümt das aus, was Eli dachte.

»Sie sind vermutlich Späher.«

»Wenn das der Fall ist, warum sieht es dann so aus, als würden sie in dieses Flugzeug steigen?«, murmelte Curry.

Eli wusste es besser, als zu antworten, da die Brüder nahe genug waren, um zu erkennen, dass sie den Großteil der Unterhaltung gehört hatten. Hatte Yvette es auch gehört?

Curry salutierte, was Eli ihm gleichtat.

Der Colonel – der in Uniform war, was bedeutete, dass er sie nicht als *Yvette* ansprechen konnte – wedelte mit einer Hand. »Rühren. Ich dachte, das würden wir nicht mehr tun.«

»Das Aufrechterhalten einer Befehlskette hält die Leute davon ab, loszuziehen und Dinge allein zu tun, die nachteilig für die Gruppe sein könnten.« Eli konnte sich nicht zurückhalten. Er war ein starker Befürworter der Regeln gewesen. Er folgte ihnen ausnahmslos, es sei denn, sie verursachten Schaden.

Das war es, was ihn angesichts dieser letzten Mission umbrachte. Er hatte seinen Befehlen gehorcht. Nicht einmal hatte er Grund gehabt, sie anzuzweifeln. Er hätte sich ihnen, ohne zu zögern, widersetzt, wenn er auch nur eine Sekunde lang gedacht hätte, dass jemand sterben würde. Aber hatte nicht jede Mission, die er bestritten hatte, dieses Element der Gefahr beinhaltet? Nach dieser Logik hätte er niemals irgendwelche Missionen erfüllt. Und noch mehr Leute hätten gelitten.

Hm. Eine No-win-Situation. Wenn man handelte, bestand die Möglichkeit, dass gute Leute verletzt wurden. Wenn man nicht handelte, dann litten gute Leute auf jeden Fall.

Wie konnte er das vergessen haben? Es war der Grund, warum er überhaupt zum Militär gegangen war. Um zu helfen und dem höheren Zweck zu dienen.

»Sind wir bereit zum Start, Captain?«

Erst als Curry »Ja, Colonel« erwiderte, wurde Eli klar, dass sie nicht mit ihm sprach. Er schloss den Mund, bevor ein Wort herausrutschen konnte, aber er konnte nicht umhin, den Blick von einem Fleck oberhalb des Kopfes des Colonels auf ihr Gesicht zu richten. Er sah ihr in die Augen und nichts in den Tiefen darin verriet, was zwischen ihnen passiert war.

Bereute sie es?

»Ich nehme an, es sind alle an Bord und bereit?«, fragte Yvette Curry.

»Ja, Ma'am. Wir müssen nur wissen, welches Manöver wir durchführen.«

Sie zögerte eine Sekunde lang, bevor sie sagte: »Lasst uns den Hitchcock machen.«

Eli wusste, welches sie meinte. Eine Übung, die im Grunde ein Vogelschwarm war – in diesem Fall alles mit Flügeln. Es war gut, um im Kampf mit Flugzeugen und Fallschirmspringern Verwirrung zu stiften, aber es bedurfte ein wenig Übung, da sie eng nebeneinander fliegen mussten.

»Das ist eine lahme Übung«, spottete der stämmige Bruder – Owen, wenn Eli sich richtig erinnerte.

»Und eine Zeitverschwendung, da wir währenddessen nichts zu tun haben«, beschwerte Phil sich.

»Ich bin überrascht, dass ihr denkt, ihr bräuchtet Übung«, war die schnelle Erwiderung des Colonels – Beleidigung und Kompliment in einem.

»Tun wir nicht!«, brauste Owen auf.

»Tatsächlich kann es nie schaden, mit einem neuen Team zu üben«, warf der geringfügig ruhigere Bruder ein. »Weshalb ich denke, dass wir den Reaktorlauf machen sollten.«

Eine Sekunde lang erstarrte Eli.

Nein. Nicht diese Übung. Nicht sein größtes Scheitern.

KAPITEL SECHZEHN

*E*li stand einen Moment lang erstarrt da, als er plötzlich in die Vergangenheit fiel und sich an die Schreie, den Lärm, den Schmerz erinnerte. Und nicht nur, weil er angeschossen worden war.

Es war das gezischte »Was ist los mit Ihnen?« des Colonels nötig, damit Eli in die Gegenwart zurückkehrte.

Xavier grinste. »Ich hätte dasselbe gefragt.«

Der Colonel hob das Kinn. »Ich habe hier das Sagen, nicht du.«

»Vielleicht sollte Xavier das haben«, warf Phil ein. »Ich weiß, dass du gestern Abend die Einsatzbesprechung der Mission gesehen hast.«

Ihre Miene wurde skeptisch. »Ich habe sie gesehen. Und?«

Xavier zog eine Augenbraue hoch. »Und du weißt, dass die Reaktorlauf-Sequenz die ist, die sie empfehlen.«

Sie presste ihre Lippen zu einer Linie zusammen.

»Ich bin die Geschwaderführerin. Ich entscheide, was für die Aufgabe angemessen ist.«

Die Antwort stellte Eli nicht zufrieden. Er runzelte die Stirn. »Hat Ihr Bruder recht? Meiden Sie es meinetwegen?« War es nett, weil sie sich sorgte? Oder war es entmannend, weil sie ihn für ein Weichei hielt? Das wäre keine Überraschung, wenn man bedachte, was sie bisher von ihm kannte.

Schließlich zeigte ihr Ausdruck etwas. Panik. Mitleid. »Xavier liegt falsch. Es gibt andere Optionen.« Eine schwache Lüge.

Verdammt. Seine Eier krochen in ihn hinein. Die Scham brannte lichterloh in ihm, besonders gegenüber den wissenden Gesichtern ihrer Brüder.

Sie hielt ihn für einen feigen Stümper, der nicht mit Druck umgehen konnte. Der Teil, der ihn am meisten erniedrigte?

Sie könnte recht haben. Es war besser, es jetzt herauszufinden, als in der Schlacht.

Er verdrängte die schreiende Stimme in ihm und brachte ein lässiges »Ich denke, wir sollten die Reaktorlauf-Übung machen. Sie ist gut, um Geschwindigkeit und Manövrierfähigkeit abzuschätzen. Außerdem bin ich neugierig auf die Änderungen daran« heraus. Das Scheitern des Originals hatte die Fehler offenbart, die angeblich verbessert worden waren. Zumindest würde diesmal niemand wirklich auf sie schießen.

»Sieh dir das Hühnchen an, das prahlen und mit den Flügeln schlagen will.« Owen wackelte mit den Armen, was ihm einen scharfen Tadel einbrachte.

»Owen, sei kein Schwachkopf.«

Phil schüttelte den Kopf. »Zu spät. Er wurde als Idiot geboren.«

»Und du wurdest als Arschloch geboren.«

Die diskutierenden Brüder bestiegen das Flugzeug, gefolgt von Xavier und Curry, womit Eli mit dem Colonel zurückblieb. Sie fuhr damit fort, ihn weiter zu entmannen. »Sie können auf dem Boden bleiben, wenn Sie wollen.«

Seine Miene verhärtete sich. »Ich bin kein Feigling.«

»Das habe ich nie behauptet, aber ich bin besorgt, dass Sie während der Übung erstarren. Ich werde nicht zulassen, dass Sie andere gefährden.«

Zorn erhitzte Eli bei der Erkenntnis, dass sie so wenig von ihm hielt. »Machen Sie sich keine Sorgen um mich, Colonel. Ich bin bereit, *hart* zu fliegen. Und *schnell*.« Er fügte dem Ganzen die Anspielung hinzu und verlor einen Teil seiner Wut, als ihre Wangen rot wurden.

»Äh, wegen dem, was passiert ist …«, murmelte sie und er bereitete sich auf ihre offensichtliche Reue vor.

Bevor sie ihn weiter demütigen konnte, entschied er sich dazu, forsch und frech zu sein. »Selbe Uhrzeit und selber Ort heute Abend?«

Ihr fiel die Kinnlade herunter und sie wurde sehr rot. Sie stammelte sogar. »Ja. Nein. Wir sollten mein Zelt benutzen. Mein Bett ist größer.«

Diesmal war er an der Reihe, sprachlos zu sein. »Okay?« Er klang fast wie ein vorpubertärer Junge.

»Äh. Ich muss gehen.« Ihre Verlegenheit stellte

sich als besonders befriedigend heraus, als sie praktisch in das Flugzeug floh.

Er ließ sich Zeit damit, ihr zu folgen, da er sich um einiges besser fühlte, bis er auf den vernünftigen Bruder Xavier traf. Scheinbar war er nur in der Nähe seiner Schwester vernünftig.

Der große Kerl platzierte sich mit vor der Brust verschränkten Armen vor Eli. »Was sind deine Pläne für Ivy?«, fragte er.

Eli blinzelte. »Für wen?«

»Yvette. Meine Schwester.«

»Oh.« Ivy? Es schien ein so sanfter Kosename für eine so autoritäre Person zu sein. »Ich befolge nur Befehle, Sir.«

»Ich bin kein Sir«, murmelte Xavier. »Das lässt mich alt klingen.«

»Das war nicht als Beleidigung gemeint. So nennen wir Zivilisten eben.«

»Erscheint mir seltsam, dass ihr sie genauso hoch einstuft wie zum Beispiel einen Captain oder ein anderes Arschloch mit Titel.«

»Das Militär existiert, um den Zivilisten zu dienen, was sie in mancherlei Hinsicht höher als uns einstuft.«

»Das glaubst du?« Neugier lag in Xaviers Frage.

»Das sollte jeder tun.«

»Altmodische Werte. Das ist selten«, murmelte Xavier. »Bist du verheiratet?«

Eine seltsame Frage, aber auf der anderen Seite konnte er angesichts dessen, wie Xavier Eli kennengelernt hatte, verstehen, warum ein Bruder besorgt sein könnte. »Nie verheiratet.«

»Freundin? Kinder?«

»Ich bin mir nicht sicher, warum du fragst.«

»Nur aus Neugier. Das ist eine Katzensache.« Xavier lächelte breit, wobei seine Eckzähne hervorblitzten.

»Dann noch mehr Neins. Ich habe einer Frau nichts anzubieten außer mir selbst, und niemand ist verrückt genug, dieses Angebot anzunehmen.«

»Denk daran, Hühnerbeinchen. Und halt dich von meiner Schwester fern.« Xavier wartete nicht auf eine Antwort.

Als er zu seinen Brüdern schlenderte, hörte Eli einen von ihnen sagen: »Denkst du, wenn wir ihm genügend Angst machen, wird er ein Ei legen?«

Wenn Phil eine eigroße Beule am Kopf meinte, dann … ja. Eli würde vielleicht die Geduld verlieren und jemanden schlagen. Was das Fernbleiben vom Colonel betraf?

Er war sich nicht sicher, ob das noch möglich war. Nicht, nachdem sie ihn in ihr Bett eingeladen hatte.

KAPITEL SIEBZEHN

Yvette war versucht, das Training des Morgens abzublasen. Sie konnte nicht sehen, dass es gut lief, nicht wenn ihre Brüder sich gegen Jacobs verschworen. Selbst wenn sie nicht versuchten, den Captain zu sabotieren, war sie besorgt, dass er nicht bereit sein könnte, seinen größten Albtraum wieder zu erleben.

Verdammt, sie wusste, dass er nicht damit umgehen konnte. Also warum zur Hölle hatte sie dem Piloten soeben seine Befehle gegeben?

Weil ein Teil von ihr verstand, dass sie zu sehr emotional einbezogen war. Sie konnte nicht zulassen, dass ihre Anziehung ihr Urteilsvermögen beeinträchtigte. Sie hatte ihre Befehle. Sie wusste, was getan werden musste. Sich zu weigern bedeutete, aufgrund von Gefühlen zu handeln. Ihre Aufgabe zu gefährden.

Komm zur Vernunft.

Sie musste die Emotionen beiseiteschieben. Da sie ein paar Minuten hatten, während sie in Position gingen, wandte sie sich an das Geschwader. Um über das Dröhnen der Triebwerke hinweg ihre Aufmerksamkeit zu bekommen, räusperte sie sich. Das Gute daran, mit Gestaltwandlern zu arbeiten? Sie musste nicht brüllen. »Seid aufmerksam.«

Die Stimmen verblassten und Blicke richteten sich in ihre Richtung. Die Leute hörten aufmerksam zu, während sie ihnen erklärte, welche Übung sie machen würden, und Positionen zuteilte. Sie sah dem Captain nicht in die Augen, als sie ihm den Platz von einem derjenigen gab, die während der ersten Ausführung des Reaktorlaufs gestorben waren. Sie hatte keine Wahl, da sie die Position des Anführers einnahm.

Sie beantwortete ein paar Fragen, verdeutlichte ihre Aufgaben, und als alle zufrieden zu sein schienen, sagte sie: »Seid bereit zum Sprung in …«, sie sah auf ihre Armbanduhr, »sieben Minuten.«

Mit beendeter Rede begab sie sich zum Captain, der am hinteren Ende der Reihe neben dem Ausgang saß.

Sie hielt ihre Stimme gesenkt, als sie sagte: »Wenn Sie diesmal aussetzen müssen, können Sie das tun.«

Er presste die Lippen aufeinander. »Wenn ich aussetze, kann ich genauso gut auch nach Hause gehen.«

»Ja.« Sie würde nicht lügen.

Er nickte. »Dann schätze ich, es ist besser, jetzt herauszufinden, ob ich meinen Mut verloren habe.«

»Haben Sie Angst?«

Er sah sie an. »Hat die nicht jeder?«

»Hängt von der Art der Angst ab. Meine ist ein

Adrenalinrausch, der mich zum Handeln zwingt.«

Seine Lippen zeigten den Hauch eines Lächelns. »Ich wünschte, ich könnte mich daran erinnern, wie das war. Mittlerweile ist es nervenaufreibender als alles andere.«

Der Drang, ihre Hand auf ihn zu legen, ihm Unterstützung zu zeigen, war stark. Allerdings sahen Leute zu, besonders ihre Brüder. Sie lauschten vermutlich auch, die neugierigen Spanner. Es machte sie angespannter als nötig. »Sie müssen da draußen zuverlässig sein, Jacobs. Das Geschwader zählt auf Sie.«

Seine Miene wurde hart. »Ich werde das Geschwader nicht im Stich lassen, aber scheinbar ist es für Sie in Ordnung.«

»Was soll das denn heißen?«

»Wenn Sie von Gefahr predigen wollen, dann sollten Sie vielleicht anfangen, einen Fallschirm zu tragen.«

Ihr Mund wurde rund und sie spürte heiße Stellen auf ihren Wangen brennen, als ihre Brüder sich verschluckten. Sie hatten es gehört.

»Ich falle nicht. Niemals.«

»Sie wissen schon, dass das erste Mal das letzte Mal sein wird.«

»Nur, wenn mir das Glück ausgeht.«

Denn wenn es irgendetwas gab, das sie im Übermaß hatte, dann war es die Art von Glück, die für gewöhnlich zu verblüffenden Ergebnissen führte. Also sollte mal jemand die Missgeschicke erklären, seit sie den Captain getroffen hatte.

Da eine weitere Unterhaltung mit ihm dazu führen würde, dass die Leute die falschen Schlüsse zogen, achtete sie darauf, schnell mit dem Rest der Crew zu reden. Die grinsenden Drachen hob sie sich bis zum Schluss auf.

Es war Babette, die ihre Belustigung zuerst kundtat. »Ich glaube, jemand fügt einen gewissen Captain seinem Schatz hinzu.«

»Ich weiß nicht, was du meinst.«

Adis Grinsen wurde verschmitzt. »Sie meint, dass wir wissen, wo du die letzten beiden Nächte verbracht hast.«

»Es ist nicht, was ihr denkt.« Yvettes Wangen brannten heißer.

»Natürlich ist es das nicht. Denn ihr seid beide zu ehrenhaft, um das Richtige zu tun.« Babette verdrehte die Augen. »Aber da das Ende der Welt am Horizont ersichtlich ist, solltest du darüber vielleicht noch mal nachdenken.«

»Ihr denkt nicht, dass wir es aufhalten können?«, fragte Yvette, anstatt ihre Beziehung mit dem Captain zu besprechen.

»Elspeth sagt, selbst wenn mit unserer Mission alles gut läuft, steht am Ende die Chance, dass wir gewinnen, fifty-fifty.«

»Wer ist Elspeth?«

»Eine gelbe Nervensäge. Beste Freundin. Und der nächste Nostradamus, wenn sie mich je unser Buch der Prophezeiungen veröffentlichen lässt«, verkündete Babette.

»Unser?« Adi kicherte. »Das bist du, die Ellie

aufnimmt, während sie im Schlaf redet.«

»Sie hat zugestimmt, da Luc nicht aufgepasst und Notizen gemacht hat.«

»Wenn er herausfindet, dass du Sexgeräusche aufgezeichnet hast …« Adi verstummte.

Babette schnaubte. »Diese Teile werde ich nicht veröffentlichen. Als müsste irgendjemand darüber lesen. Widerlich.« Sie rümpfte die Nase und Yvette musste sich fragen, wie Drachen sich für klüger als alle anderen halten konnten. Sie waren nicht besser als Teenager.

»Warum seid ihr wirklich hier?« Sicherlich war es mehr als ihre sogenannte Seherin, die ihre Anwesenheit hier verursacht hatte.

»Elspeth sagt –«

Yvette wedelte mit einer Hand. »Nein. Nicht wieder diese Geschichte mit der Wahrsagerin. Warum? Ihr habt offensichtlich eure eigenen Vorstellungen darüber, wie die Dinge gehandhabt werden sollten. Wir wissen alle, dass ihr es vorzieht, euer eigenes Ding zu machen, was bedeutet, dass ihr nicht bewältigt werden könnt und euch vielleicht als Nachteil herausstellt.«

»Willst du sagen, dass wir keine Befehle befolgen können?« Babette schaffte es, beleidigt zu klingen.

»Das habt ihr noch nicht getan«, war Yvettes direkte Antwort.

Adi neigte den Kopf und sagte: »Was, wenn wir sagen, wir wollten schon immer einen Unterschied machen?«

»Wie gesagt, ich bin mir nicht sicher, wie es helfen

würde, wenn ihr euch meinem Geschwader anschließt.«

»Weil du recht hast. Wir arbeiten für gewöhnlich nicht als Einheit oder nehmen Befehle an, was etwas ist, woran wir wirklich arbeiten sollten. Und das ist wichtiger als unser Ego.«

»Sprich für dich selbst.« Babette grinste. »Die Frau, auf die ich stehe, sagt, sie kann nicht meine Freundin sein, bis ich die Welt rette.«

»Also tust du es für Sex und Ruhm?« Yvette schüttelte den Kopf. »Ich schätze, ich habe bereits schlechtere Gründe gehört.«

Ihre eigenen ähnelten mehr denen von Adi. Aber es ging nicht nur darum, für das Gute zu arbeiten, sondern sich von einer Familie aus Jägern abzuheben. Zu zeigen, dass sie auch ohne Fell oder Krallen ein Raubtier sein konnte.

Als sie sich der Zone für ihre Übung näherten, erhoben sich ihre Brüder von ihren Plätzen und zogen Fallschirme an. Sie würden nicht wie alle anderen fliegen.

Sie fragte sich, was sie an ihrem Weg vorbei Jacobs zuflüsterten. Das Dröhnen der Triebwerke verbarg jeden Hinweis darauf. Was auch immer ihre Brüder gesagt haben mochten, es schüchterte den Captain nicht ein. Stattdessen setzte er ein selbstgefälliges Grinsen auf und richtete sich zu voller Höhe auf, was ihn größer als ihre Brüder machte. Hm. Und scheinbar hatte er keine Angst. Es erinnerte sie an den Eisernen Adler der Vergangenheit.

Und dann hatte sie keine Zeit zu denken, da sie

Luft holte und ihre Brille aufzog, als sich die hintere Klappe des Flugzeugs öffnete und jegliche Luft und Geräusche heraussaugte.

Ihre Brüder sprangen zuerst, da es ihre Aufgabe war, auf dem Boden zu landen und sich der Zone von hinten zu nähern, während das Kryptaviare Geschwader aus dem Himmel fallen – wortwörtlich – und sich auf ihr Ziel stürzen würde. In diesem Szenario war ihr Ziel ein alter Signalturm in feindlichem Gebiet, der angeblich von Kameras mit Bewegungssensor bewacht wurde. Deshalb mussten sie nach unten stürzen, damit sie nicht entdeckt wurden.

Sobald sie den Signalturm übernommen hatten, mussten sie tief zum Kommandogebäude fliegen, wobei sie die Bodentruppen mieden ... wenn noch welche von der Ablenkung der Spähergruppe – alias ihrer Brüder – übrig waren.

In der ursprünglichen Reaktorlauf-Mission wusste niemand von den unter den Kameras montierten Automatik-Maschinengewehren oder von der Tatsache, dass eine Kameralinse gen Himmel gerichtet worden war, als wäre der Feind vorgewarnt worden. Wahrscheinlicher war, dass sie sich der Tatsache bewusst gewesen waren, dass Drohnen mittlerweile eine Bedrohung darstellten. Es hatte nicht geholfen, dass die den Kommandoposten bewachenden Soldaten es besser wussten, als wegzulaufen, als die Bodentruppe ihre Ablenkung einleitete. Der Captain hatte es gerade so lebend herausgeschafft und drei der ersten Flugstaffel verloren, die hineingeflogen waren.

Diese Übung hatte nicht die Kugeln, aber sie

hatte die Kameras mit Bewegungssensoren und Lichtern, was zeigte, wie sich die Dinge entwickeln könnten. Da sie die gescheiterte Mission studiert hatte, wusste Yvette, dass das Risiko von Opfern weiterhin hoch blieb, egal was sie taten. Was der Grund war, warum sie sich anstelle eines gemeinsamen Sturzes für einen vierzackigen Angriff entschieden hatte. Zwei pro Zacke, die im Zickzack über und durch die Flugstrecke des anderen flogen und die Kameras damit zur Wahl zwangen. Die beiden im Blickfeld wären in der größten Gefahr, aber nur während der Zeit, die die anderen brauchten, um die himmelwärts gerichtete Waffe auszuschalten.

Deshalb war sie in der Gruppe, auf die mit der größten Wahrscheinlichkeit geschossen werden würde. Als es Zeit für den Sprung wurde, startete sie zuerst, auf Jaimies Rücken und mit der Glock als Absicherung an der Hüfte.

Manche hätten ihre Entscheidung, als Erste zu springen, vielleicht infrage gestellt. Immerhin konnte Jaimie nicht so schnell nach unten stürzen wie die Drachen oder Vögel, noch konnte sie so abrupt abdrehen. Allerdings hatte Yvette einen Vorteil. Sie musste nicht so nahe kommen wie die anderen, um zu handeln. Nicht mit der Übung, die sie beim Schießen im Flug hatte.

Womit sie nicht gerechnet hatten? Mit einem herabstürzenden Drachen, der Jaimie erschreckte, indem er unter sie flog und silbernen Frost herausblies.

Der Bewegungssensor hatte nie die Gelegenheit,

überhaupt auszulösen. Er löste sich auf.

In dem Moment, in dem er zerbrach, drehte und brüllte der Drache triumphierend, nur um von einem Licht am Boden erfasst zu werden.

Yvette blaffte in ihr Mikrofon: »Babette, deine Eskapaden haben dich gefährdet. Runter auf den Boden.« Ungesagt blieb: *»Toll den Plan versaut.«* Durch ihre Selbstdarstellung mussten sie jetzt ihren Platz ausfüllen.

Der Rest des Geschwaders versammelte sich und schaltete die Sensoren aus. Die übrigen Flugstaffeln, einschließlich Adi, schossen herab und wanden sich, da ihre Mission darin bestand, zu suchen und zu zerstören, um an den Preis zu kommen.

Die Flagge war direkt hinter der Tür, was bedeutete, dass sie von Jaimie sprang, sofort loslief und in das Gebäude stürzte. Sie feuerte auf die Ziele, die befestigt worden waren, bevor die Sensoren sie beleuchteten und dazu zwangen, tot zu spielen.

Mit der Flagge in der Hand kehrte sie zu Jaimie zurück, die trabte und in die Luft abhob, auf dem Weg zum Treffpunkt, wobei alle bis auf Babette noch dabei waren.

Es war, als Jaimie ihre Flughöhe erreicht hatte, dass sich der Unfall ereignete. Und dämlich war es auch noch. Ein funkelndes Licht traf Jaimie direkt ins Auge. Sie schüttelte den Kopf, gerade als Yvette ihre Waffe in das Holster steckte und in der anderen Hand die Flagge hielt. Sie hielt sich nicht an ihrem Reittier fest, als Jaimie eindrehte.

Yvettes Glück versagte und sie fiel.

KAPITEL ACHTZEHN

Diesmal endete die Trainingsübung wenigstens nicht in einer Katastrophe. Die gute Neuigkeit war, dass Eli nicht erstarrt war.

Oh, er hatte zuerst im Autopilotmodus gearbeitet. Sein Sprung aus dem Flugzeug war eigentlich berauschend, aber als die Befehle durch seinen Ohrhörer eingingen, war er einen Moment lang in der Zeit zu einem anderen Geschwader zurückgekehrt.

»Flugstaffeln, verteilt euch auf meinen Befehl. Zwei, eins.«

Er hatte immer bei drei angefangen, aber egal. Da er aufgrund all ihrer kürzlichen Siege hoch flog, machte es den Sturz umso härter.

Currys kurzer Ruf war nötig, als er Eli flankierte, um ihn aus seinen Erinnerungen herauszuholen. Er konnte die Vergangenheit nicht ändern. Im Hier und Jetzt wollte er es nicht vermasseln, er sollte aufmerksam sein.

Nun reiß dich mal zusammen. Wie oft hatte er aufmunternde Worte darüber gesprochen, sich auf die Aufgabe zu konzentrieren und nicht auf das beängstigende Zeug, das einem in die Quere kam? Es war an der Zeit, dass er auf seinen eigenen Rat hörte.

Ich kann das.

Und das tat er. Der Wind fing sich unter seinen Flügeln. Die Befehle kamen von jemandem, der sich tatsächlich mit ihnen in der Luft befand, nicht von jemandem, der von irgendeinem Kommandoposten aus zusah. Das war interessant. Eli war immer nur fähig gewesen, einen Teil der Stimmtonlage seines Adlers zu verwenden, um seinem Geschwader eine Vorstellung zu vermitteln. Obwohl sie direkt da war, konnte der Colonel präzisere Änderungen des Plans bieten und sich spontan anpassen.

Schade, dass ein Drache nicht zuhörte. Aber es wäre eine gute Lektion für alle anderen.

Vertraue deinem Anführer. Oder wie die Kinder es gern spielten, folge dem Anführer.

Trotz des frühen Verlusts von Babette entwickelte sich der Rest der Mission wie erwartet. Keine anderen vorgetäuschten Opfer. Sie hatten gewonnen. Und kein einziges Mal war er erstarrt oder in Panik verfallen!

Er schrie fast triumphierend, als er auf dem Weg zum Treffpunkt das Schlusslicht des Geschwaders bildete. Eine gute Sache. Denn ansonsten hätte er den Colonel nicht fallen sehen.

Vor und über ihm stieg ihr Pferd steil an, bevor es sich ausrichtete. Er sah das Funkeln, ein Unfall, verursacht durch die Sonne, die genau im richtigen Winkel auf den silbernen Drachen fiel. Aus dem Augenwinkel entdeckte er eine fallende Gestalt und stürzte darauf zu, die Flügel angezogen und den Körper gerade wie ein Pfeil. Die Verzweiflung trieb ihn zu der einen Person, die es sein musste.

Der Colonel fiel.

Nicht unter meiner Aufsicht.

Ein Adler lernte bereits früh, schnell zu sein, wenn er in der Wildnis fressen wollte. Beute stand nicht gerade still. Das größte Dilemma bestand nicht darin, Yvette zu erreichen, sondern darin, *wie* er sie fangen sollte. Im Gegensatz zu seinem Abendessen wollte er keine Löcher in sie bohren.

Sie sah ihn kommen und breitete ihre Arme und Beine aus, um ihm mehr Möglichkeiten zu bieten, sie zu packen. Er hoffte, dass der Ärmel ihrer Jacke halten würde, als er seine Krallen ausstreckte, um sie festzuhalten.

Sie grunzte, als er ihren Fall bremste. Nicht die sanfteste Rettung, aber besser als die platschende Alternative. Wenigstens konnte er sie tragen, ohne abzusacken. Vielleicht nicht über längere Zeiträume; ohne starke Luftströme zum Segeln würde er müde werden. Und sie baumeln zu lassen war nicht die beste Option. Es ließ ihn daran denken, wie er mit einem Paket auf dem Rücken gesprungen war. Konnte die richtige Person einen Adler reiten?

Man musste nicht raten, an wen er dabei dachte.

Verrückte Gedanken. Als wollte er, dass jemand ihn so waghalsig ritt wie eine dumme Bestie.

Ein Gedanke, für den er sich sofort schuldig fühlte. Jaimie war sicherlich nicht dumm. Und hatte er nicht zugegeben, dass der Colonel einen guten

Sinn dafür hatte, was in der Luft zu tun war? Man stelle sich vor, wenn sie die Manövrierfähigkeit eines Adlers hätte!

Die Landezone erschien. Die Hälfte des Geschwaders landete nur wenige Meter vom wartenden Helikopter entfernt und Eli war nicht weit hinter ihnen.

In der Sekunde, in der Yvettes Füße den Boden berührten, ließ er sie los. Er war kaum angekommen, als er sich verwandelte, um ihr eine Strafpredigt zu halten. »Du Idiotin!«

»Wie bitte?« Sie schob ihre Brille nach oben und warf ihm einen fragenden Blick zu.

Es war zu viel. Eli machte einen Schritt, damit er sie an den Armen packen und sie schütteln konnte. »Ich sagte, du bist eine Idiotin! Du hättest einen Fallschirm tragen sollen.«

»Das zusätzliche Gewicht ist Jaimie gegenüber nicht fair.«

Er musterte sie ungläubig. »Was ist mit deiner Sicherheit? Du hättest sterben können.«

»Ja.« Sie widersprach nicht. »Ich könnte auch in einen Autounfall geraten. Etwas Verdorbenes essen. Ich könnte sogar von einem Blitz getroffen werden.«

»Das ist nicht witzig.«

»Das habe ich nie behauptet. Ich sage nur, dass es sich nicht wird aufhalten lassen, wenn es für mich Zeit zu gehen ist. Hast du nie *Final Destination* gesehen?«

Die Dummheit der Unterhaltung verspottete die schreckliche Angst, unter der er gelitten hatte, als er dachte, sie könnte sterben. »Macht dir das überhaupt nichts aus?«

»Natürlich tut es das. Es hat mir besonders etwas ausgemacht, dass ich mich heute Morgen dazu entschieden habe, weniger als herausragende Unterwäsche anzuziehen.«

Er starrte sie an. »Willst du mich verarschen?« Er schüttelte sie erneut. Nicht hart genug, um ihr wehzutun, aber jemand nahm es ihm übel.

Eli wurde zur Seite gezerrt, als Yvettes Brüder sich näherten, eine nackte Wand aus Fleisch, die zu passieren er nicht zu versuchen wagte.

Xaviers Blick war finster. »Danke, dass du sie gerettet hast, aber wir werden das Anschreien unserer Schwester übernehmen, wenn es dir nichts ausmacht.«

Was auch immer Eli geantwortet hätte, verlor sich, da Jaimie sich Yvette an den Hals warf und schluchzte: »Gott sei Dank geht es dir gut!«

Ja, Gott sei Dank. Die Erinnerung daran, was hätte passieren können, erschütterte ihn plötzlich wieder. Eli lief ein paar Schritte und verwandelte sich, um auf das Basislager zuzufliegen, anstatt auf den Helikopter zu warten, der sie holen sollte. Der lange, erschöpfende Flug ließ seine Gliedmaßen schmerzen und seine Atmung war schwer, als er schließlich wirbelte und zur Landung ansetzte.

Er blieb nicht unbemerkt. Eli schnappte sich den Bademantel von dem Gefreiten, der aus einem Zelt gelaufen kam, während er auf sein eigenes zumarschierte. Sobald er angekommen war, zog er sich schnell um, bevor er durch das Lager stapfte. Er hatte kein Ziel im Sinn, er konnte nur nicht in seinem winzigen Zuhause vor sich hin brodeln.

Während er das Speisezelt musterte, fragte er sich flüchtig, ob sie Bier oder Wein hatten. Egal, es würde nicht helfen. In seinem Mund würde es gut schmecken – warm in seinem Bauch sein. Vielleicht würde es das Zittern in seiner Seele mildern.

Yvette hätte sterben können. Was, wenn er nicht da gewesen wäre? Alkohol würde die Wiederholung all des Mists beenden, der hätte passieren können, wenn er sie nicht gefangen hätte.

Plötzlich erschien Curry neben ihm, bereits angezogen und mit sorgenvoller Miene. »Hey. Ich habe mich gefragt, wohin du verschwunden bist. Du hast den Helikopterflug verpasst.« Unausgesprochen blieb das: *»Ich habe mir Sorgen gemacht.«*

Er war der gebrochene Eli Jacobs. Der mächtige gefallene Adler.

»Ich brauchte Zeit, um mich zu entspannen. Anstrengendes Training.« Er spielte es herunter.

»Das war es. Geht es dir gut?«, fragte Curry.

»Ja. Ich schätze, ich habe einen Moment lang die Nerven verloren und meine Stellung vergessen.«

»Ich würde sagen, du hattest Grund dazu. Der Colonel hat uns einen Schreck eingejagt. Gut, dass du schnell bist.«

»Sie hätte einen Fallschirm tragen sollen«, grummelte er.

»Das würde jedoch das Gewicht erhöhen.«

»Nur um ungefähr zehn Kilo.« Da er kein

Problem gehabt hatte, sie zu tragen, schien es keine große Sache zu sein.

»›Nur‹ sagt er«, prustete Curry. »Manche von uns empfänden das als ein wenig viel.«

»Waldschnepfe.« Die ultimative Beleidigung, da in der Vogelwelt die amerikanische Waldschnepfe als langsamste Art galt. Sie war auf einer Ebene mit den Dodos, die aufgrund ihrer Dummheit ausgestorben waren.

Anstatt darauf zu reagieren, entwaffnete Curry Eli mit einem einfachen: »Du hast das gut gemacht. Du schlägst dich fantastisch.«

»Nein, das tue ich nicht«, brummte Eli, der sich aufgrund der Tatsache schuldig fühlte, dass er etwas trinken wollte. Durchschauten nicht alle den Schwindel?

»Halte dir mehr zugute. Du hast nicht nur mit dem Verstecken und dem Trinken aufgehört, du bist da und beweist, dass du immer noch eine Bereicherung bist.«

»Ich schätze schon.« Aus irgendeinem Grund erinnerten Currys Worte ihn an etwas, das Yvette darüber gesagt hatte, sich nicht von einer einzigen Mission definieren zu lassen. Immerhin wurde es immer deutlicher, dass die einzige Person, die Eli für gebrochen hielt, Eli selbst war. Das ließ ihn etwas fragen, das er gemieden hatte. »Denkst du jemals an diesen Tag?«

»Manchmal. Nicht mehr so oft, seit ich dem Fusel abgeschworen habe.«

Eli blinzelte. »Du trinkst nicht?«

»Ich habe es eine Weile getan, bis ich erkannt habe, dass es nicht geholfen, sondern die Dinge noch schlimmer gemacht hat.«

»Das wusste ich nicht.«

»Weil ich nicht wollte, dass es jemand weiß.« Curry zuckte die Achseln. »Meine Frau wusste es jedoch, und sie war diejenige, die mich letztendlich da rausgeholt hat. Sie sagte, wenn ich nicht wieder zu leben anfangen würde, würden sie und die Kinder nicht dableiben, um mir beim Sterben zuzusehen.«

Es schockierte Eli herauszufinden, dass Curry dieselben Schuldgefühle plagten. »Du hast an diesem Tag nichts falsch gemacht.«

Erneut zog sein Freund die Schultern hoch und ließ sie wieder sinken. »Hätte, hätte, Fahrradkette. Ich habe mich ein wenig damit verrückt gemacht, an die Dinge zu denken, die ich anders hätte machen können. Ich wünschte, ich könnte zurückgehen und die Dinge ändern.«

Der Moment der nackten Wahrheit, der erste, seit all das passiert war, traf Eli hart. »Ich −« Ihm schnürte sich die Kehle zu. »So oft habe ich mir gewünscht, ich wäre an ihrer Stelle gestorben.«

»Das haben wir alle.« Curry legte eine Hand auf seine Schulter. »Und wären die Rollen vertauscht gewesen, hätten sie genauso empfunden. Weißt du, was sie dir noch sagen würden? Wenn dir die Welt ins Gesicht schlägt −«

»Steh auf und schlag zurück.« Ein Ausdruck, den sein Großvater ihm beigebracht hatte, nachdem seine Eltern bei einem Autounfall ums Leben gekommen waren. Danach hatte er gelebt, es mit seiner Crew geteilt und es dann zugunsten seiner Trauer vergessen. »Ist das deine Art, mir zu sagen, dass ich mehr schlagen muss?«

Curry drückte Elis Schulter. »Ich will damit sagen, dass es okay ist, am Leben zu sein, und wenn du wirklich etwas tun willst, dann mach sie stolz.«

»Was, wenn ich verloren habe, was nötig ist?« Es war nicht mehr dasselbe in der Luft. Er hatte einen Geschmack der Sterblichkeit bekommen. Jetzt trübte sie jede seiner Entscheidungen ein.

»Ich habe dich heute gesehen. Selbst völlig verängstigt bist du in der Luft einsame Spitze. Wir brauchen dich. Mach die, die du verloren hast – und die, die bleiben –, stolz. Und Glückwunsch.« Curry drückte ihm eine Münze in die Hand.

Erst als sein Freund gegangen war, sah er sie an.

Eine Woche sauber und nüchtern. Du bist nicht allein.

Bevor die Tränen einsetzen konnten, umschloss er die Münze mit seiner Faust und machte einen Spaziergang, der ihn in den Wald führte, zurück zu dem umgestürzten Baum, unter dem er geschlafen hatte. Er drehte die Münze in seiner Hand. Ein Symbol, das ihn daran erinnerte, dass er nicht allein war. Vielleicht war es an der Zeit, damit aufzuhören, alle von sich zu stoßen.

Eli saß lange genug auf dem Baumstamm, dass er Gesellschaft bekam. Er hörte ihre Ankunft nicht. Sein Sehvermögen war wesentlich besser als sein Gehör.

Er erschrak, als Yvette leise fragte: »Bist du okay?«

Nein, denn seine Freunde waren noch immer tot.

Ja, denn er erkannte endlich, dass er nicht auch tot sein musste.

Anstatt sich umzudrehen, rutschte er auf dem Stamm zur Seite, um ihr den warmen und sauberen Platz zu geben, den er besetzt hatte.

Erst als sie sich neben ihn setzte, wiederholte sie ihre Frage: »Bist du okay, Eli?«

Er dachte über eine Antwort nach, die in Ehrlichkeit endete. »Ich werde nie zu einhundert Prozent okay sein.«

»Höre ich da ein *Aber*?«

Er drehte sich zu ihr. »Aber ich kann mehr sein als das, was zu haben ich mir erlaubt habe, wenn das Sinn ergibt.«

»Ich verstehe. Du bist endlich bereit, wieder zu leben. Und die Welt dankt dir.«

»Sei dir da nicht so sicher.« Er verzog seine Lippen.

»Ich habe dich jetzt in Aktion gesehen. Du bist ein guter Soldat – zäh, verlässlich.«

»Du musst mir keine Komplimente machen, um dafür zu sorgen, dass ich im Team bleibe.«

»Bist du sicher? Denn ich bin bereit, Körperteile zu küssen, um dafür zu sorgen, dass du nicht gehst.«

Wie sollte er, ohne es zu sagen, ausdrücken, dass er niemals bereitwillig aufhören würde? Nicht bei dieser Mission und nicht bei ihr. »Ein verlockendes Angebot, Colonel.«

»Wenn wir zusammen sind, ist es nur Yvette, erinnerst du dich?«

Er erinnerte sich. Es war das, was ihn nach dem

Sturz dazu brachte, so wütend auf sie zu sein. »Es tut mir leid, dass ich dich geschüttelt habe. Dich fallen zu sehen –«

Sie unterbrach ihn mit einer Handbewegung. »Das hat dir die Chance gegeben, mein Held zu sein. Gern geschehen.«

Die Antwort überraschte ihn. »Du solltest sagen, dass du beim nächsten Mal einen Fallschirm trägst. Oder noch besser, kein Fliegen mehr.«

»Wie bitte?« Sie sprang auf und funkelte ihn an. »Du kannst mir nicht sagen, was ich zu tun habe.«

Er erhob sich und ragte über ihr auf. »Du hättest sterben können!«

»Aber das bin ich nicht. Weil ich solches Glück habe.«

Von all den albernen Dingen, die sie sagen könnte. »Das Glück würde dich nicht mit mir zusammenbringen!«

»Wer sagt, dass das schlecht ist?« Sie drückte seine Hand. »Ich sage das nicht allzu oft, aber ich bin froh, dass du in mein Leben gekommen bist.«

Dieses Zugeständnis verpasste seinem Zorn einen Dämpfer. Besonders da er nicht umhinkonnte zuzugeben: »Du hast meins verändert. Zum Besseren.«

Sie rümpfte die Nase. »Jetzt klingen wir beide kitschig, obwohl ich eigentlich hergekommen bin, um dich dafür zu tadeln, dass du weggeflogen bist, bevor ich mit dir den Einsatz nachbesprechen konnte.«

Er zog die linke Augenbraue hoch. »Ich dachte, das sei keine Militäroperation.«

»Ich bin trotzdem dein Boss.«

»Bist du das?«

»Ist das wichtig?«

»Ja, denn wenn du mein Boss bist, macht es das, was ich gleich tun werde, höchst unangemessen.« Er neigte ihr Kinn und küsste sie. Endlich. Zum ersten Mal.

Er hätte wirklich nicht so lange warten sollen.

Ihre Lippen verschmolzen zu einem heißen Kuss, der sein Blut in Brand setzte. Sie schmiegte sich an ihn, und er legte seine Arme um sie und zog sie in einer Umarmung an sich, die ihn die Augen schließen ließ, um die Empfindung ihrer aufeinandertreffenden Münder besser zu genießen.

Sie erwiderte seinen Kuss sofort, hungrig, fordernd. Ihre Zungen duellierten einander, während sie mit den Händen an seiner Kleidung zog und er ihr im Gegenzug dabei half, die ihre auszuziehen, bis sie beide nackt waren.

Es war verrückt. Mitten am Tag im Wald, für jeden sichtbar, der vorbeikam.

Es war ihm egal.

Er umfasste ihre Brüste, drückte und knetete sie, während sie sich küssten. Als er ihre Brustwarzen zwickte, schrie sie in seinen Mund und krallte sich mit den Fingernägeln in seine Brust.

Sie drückte mit den Händen an ihm, bis er mit dem Rücken zu einem Baum stand, dessen Rinde hart an seiner Haut war, und doch liebte er es, da die Frau, die ihn entflammte, vor seiner Erektion hockte und ihn noch steifer machte, als sie starrte.

Oh, verdammt, sie hatte ihn berührt.

Er kam beinahe. Er hielt es zurück und presste zwischen seinen Zähnen hervor: »Ich werde nicht lange durchhalten, wenn du weiter mit mir spielst.«

»Würdest du es vorziehen, wenn wir die Plätze tauschen?«

Scheiße ja, das würde er. In dem Moment, in dem sie es vorschlug, wechselte er ihre Positionen. Jetzt war sie diejenige, die an den Baum gedrückt war. Dann ging er auf die Knie, umfasste ihre Hüften und widmete sich ihrem Schritt mit den dunklen Locken. Sie hob ein Bein und ließ es auf seiner Schulter ruhen, um sich ihm zu entblößen. Er küsste die weiche Haut ihres inneren Oberschenkels.

»Oh. Ja.« Sie seufzte vor Freude.

Er neckte sie bis zu ihrem Schritt, sanfte, gleitende Bewegungen und Knabbern, das sie in seinem Griff erschaudern ließ. Ihr Duft umgab ihn, ihr Verlangen war berauschender als eine Droge – und unwiderstehlich. Er küsste ihre Lippen, deren Honig seine Lippen befeuchtete. Seine Zunge spreizte sie und er leckte an der Quelle, dann schnellte er über ihre Klitoris.

Sie schob ihre Hüften nach vorn.

Er leckte sie wieder und wieder, stürzte sich auf ihre Klitoris und neckte sie. Er brachte seine Finger ins Spiel und vögelte sie mit ihnen, während er saugte. Er befriedigte sie, bis sie ihre Hände fast schmerzhaft in seinem Haar vergrub und sich wand. Sie schrie auf, als sie für ihn kam.

Und dennoch reizte er sie weiter, bis sie keuchte: »Eli. Bitte.«

»Bitte was?«, knurrte er an ihr.

»Ich will dich in mir.«

Er konnte nicht Nein sagen. »Dreh dich um«, befahl er, als er aufstand. »Halt dich an diesem Baum fest.«

Sie umklammerte den Stamm, als er mit den Händen an ihren Hüften zog und ihren Hintern zu sich holte. Er drückte ihre Beine auseinander.

Er griff dazwischen und streichelte sie, zuerst mit seinen Fingern, dann mit der Spitze seines Schwanzes. Sie rieb sich an ihm und keuchte. »Gemein!«

Ja, das war er. Denn er wollte, dass dieser Moment ewig anhielt. Die Spitze seiner Erektion glitt zwischen ihre Schamlippen. Ihre Hitze raubte ihm den Atem.

Sie drückte sich zurück, um ihn tiefer in sich aufzunehmen, und er seufzte, als er sich vollständig in ihr vergrub. Ihr enger, heißer Griff war pure Freude.

Er begann, in sie zu stoßen, und sie drückte sich noch weiter nach hinten, um ihn tief eindringen zu lassen. Er pulsierte, während er stieß. Er wusste, dass er sie zu fest hielt, und doch schrie sie nach mehr.

»Ja. Fick mich.«

Sie sagte schmutzige Dinge und er wurde nur noch härter.

Sie rieb sich an ihm, ihre Muschi zog sich zusammen. Ihre Schreie wurden zu Wimmern, als sie sich anspannte. Sie würde erneut kommen.

An seinem Schwanz.

Oh verdammt, ja. Verdammt. Ja.

Verdammt ...

Er stieß in einem harten, treibenden Rhythmus, der sie seinen Namen wimmern ließ, als sie kam. Die

Enge ihres Orgasmus war sein Verderben. Er kam und kam, die Wellen der Lust waren in ihrer Intensität fast schon blendend.

Er brauchte einen Moment, um wieder zu Atem zu kommen. Der Kuss, als sie sich in seinen Armen drehte und den Kopf neigte, war zärtlich und süß.

Sie ruinierte ihn, indem sie murmelte: »Wir sollten uns wirklich anziehen und zurückgehen. Wenn wir zu spät zum Abendessen kommen, werden meine Brüder mich suchen, und vermutlich wird jemand sterben.«

KAPITEL NEUNZEHN

*E*li versteifte sich, und nicht auf die Art, die sie gerade hart an seinem Schwanz hatte kommen lassen.

Ohne Verhütung.

Zu seiner Verteidigung, er hatte vermutlich seit einer Weile niemanden gehabt. Alles, was sie über ihn gehört hatte, drückte aus, dass er nicht viel mit Frauen ausging, und wenn er es tat, dann niemals in den eigenen Reihen.

Sie hätte es besser wissen sollen. Egal, sie hatte sich selbst belogen und behauptet, sie wäre zu ihm gekommen, um ihn zu tadeln. Sie hatte eine Fantasie darüber gehabt, was passieren könnte. Sie hatte gehofft, dass es passieren würde, und hätte ein Gummi mitbringen sollen. Mit Mitte dreißig hatte sie die Empfängnisverhütung aufgegeben, da ihre Hormone nicht allzu glücklich damit gewesen waren. Es war die Stimmungsschwankungen und Kopfschmerzen nicht wert, besonders da sie nicht oft Sex hatte. Vielleicht hätte sie sich die Spirale einsetzen lassen sollen, die der Arzt vorgeschlagen hatte, nur dass diese mehr als unangenehm klang.

Sie hatten es nur einmal getan. Sicherlich würde sie nicht schwanger werden. Und wenn sie es doch tat …

Damit werde ich endlich Mutter los.

Was für eine verrückte Vorstellung. Sie würde es nie tun, aber sie konnte Eli aufziehen. »Ich nehme nicht an, dass du die Pille nimmst?« Das fragte sie ihn beiläufig, während sie sich anzogen.

Er fiel beim Anziehen seiner Hose um.

Anstatt zu lachen, biss sie sich auf die Lippe und brachte ein »Geht es dir gut?« heraus.

Er erholte sich schnell. »Ich, äh, hm. Das ist … verdammt. Nein. Es geht mir nicht gut. Ich bin scheinbar ein verdammter Idiot, der sich nicht an die Grundlagen erinnert.«

»Wenn es dich irgendwie tröstet, ich habe mich auch in dem Moment verloren.«

Das entlockte ihm ein leichtes Lächeln, welches nicht anhielt. »Bist du schwanger?«

»Du weißt schon, dass wir erst vor fünf Minuten Sex hatten? So schnell geht das nicht.«

»Oh.« Er hatte sie noch nicht angesehen. »Wann werden wir es wissen?«

Eine interessante Nutzung von *wir*. »Würde es dich interessieren?«

Daraufhin richtete er sofort den Blick auf sie. »Natürlich würde es das.«

»Gut.« Denn ein Kind sollte mehr als einen

Elternteil in seinem Leben haben. Sie konnte sich ihres nicht ohne ihre Mutter und ihren Vater vorstellen. Selbst nicht ohne ihre nervigen Brüder.

»Was meinst du mit *gut*?« Er schaffte es, es zu knurren anstatt zu quietschen, was ein Punkt zu seinen Gunsten war. Es gefiel ihr zu sehen, wie er seinen Mann stand.

»Denn auch wenn ich dafür sein mag, dass Frauen frei entscheiden können, bin ich in meinem Alter auch für ein Baby.« Es war lustig, dass Yvette ausflippte, wenn ihre Mutter ihr mit dem Babymist kam. Und dennoch nutzte sie es bei Eli und sah zu, wie er schluckte.

»Und ich bin kein Mann, der sich vor Verantwortung drückt.« Er fuhr sich mit einer Hand über den Kopf, als sie sich wieder auf den Weg zum Lager machten.

»Du weißt schon, dass ich dich nur auf den Arm nehme, oder?«, sagte sie schließlich, da er die Sache viel zu ernst nahm.

»Also nimmst du die Pille?«

Sie schüttelte den Kopf. »Nein, aber ich bin nicht schwanger.«

»Woher willst du das wissen?«

»Wegen meines Alters ist es weniger wahrscheinlich.«

Er prustete. »Du bist nicht alt. Und jeder kann sehen, dass du gesund und fit bist.«

Sie errötete angesichts des Lobes. »Was gut sein wird, falls ich schwanger sein sollte«, fügte sie hinzu, um zu sehen, ob sie ihn aus dem Gleichgewicht bringen konnte.

Aber er machte mit und stürzte sich noch weiter in die Komplimente hinein. »Weißt du was? Wäre es nicht großartig, wenn du schwanger wärst? Ich denke, du würdest eine fantastische Mutter abgeben, das perfekte Vorbild.«

Die Tatsache, dass er ihr Spiel umgedreht hatte, verärgerte sie. Sie war grausamer als nötig, als sie erwiderte: »Was lässt dich denken, dass du ein guter Vater wärst?«

»Weil ich vielleicht viele Dinge anzweifeln mag, aber ich weiß, dass ich nie etwas tun würde, das einem Kind schadet. Es wäre mein Ein und Alles.«

Eine der kitschigsten Aussagen überhaupt, und dennoch ließ die Tatsache, dass er sich ihrer bedient hatte, etwas in ihrer Brust schmelzen. »Ich bin vermutlich nicht schwanger.« Bei diesem Gedanken wurde sie beinahe traurig, dann so nahe würde sie vermutlich nie wieder herankommen – dieser versehentliche Moment mit einem Mann, den sie kaum kannte und viel zu sehr mochte.

»Vielleicht sollten wir es irgendwann dann noch mal versuchen?« Er zwinkerte, bevor er winkte und loslief, um zügig in Richtung des Lagers zu joggen.

Die Selbstsicherheit war sexy. Sie lief ihm beinahe hinterher. Hatten sie Zeit für eine weitere Runde?

Nein.

Schlecht, Yvette. Das war nicht der Zeitpunkt für Ablenkungen. Der Captain musste sich konzentrieren. Ihn aus dem Gleichgewicht zu bringen könnte ihn zurück in die Arme von Drogen und Alkohol treiben.

Beim Abendessen erhaschte sie einen Blick auf seinen Eifer. Er saß bei den anderen Vögeln, während ihre Brüder sie bedrängten. Jaimie saß neben ihr und tat so, als würde sie Xavier keine heimlichen Blicke zuwerfen, der es ihr gleichtat. Phil und Owen verteilten Bierflaschen aus Sixpacks, die sie in der Stadt gekauft hatten. Normalerweise war das nicht erlaubt, aber sie alle wussten, dass ihre Zeit in dieser Gegend zu Ende ging. Yvette vermutete, dass sie bis zum Ende der Woche weg wären. Wer wusste, was der morgige Tag bringen würde? Sollten sie doch den heutigen Abend haben.

Als ihre Brüder allen ein Bier anboten, schüttelte Eli den Kopf. Bemerkte sonst noch jemand, wie seine Hand ein Glas Wasser umschloss? Keine einfache Entscheidung für ihn, aber es zeigte, dass er bereit war, es zu versuchen.

Nach dem Abendessen fragte Jaimie Yvette nach dem Captain. »Also, wie war es?«

»Wie war was?«, fragte sie, während sie ihre Stiefel mit Spucke auf Hochglanz polierte. Eine alte Militärgewohnheit, von der sie festgestellt hatte, dass sie sie erdete, wenn sie sich nicht wohlfühlte.

»Der Sex mit dem Captain.«

Die Spucke, die sie auf die Spitze ihrer Stiefel fallen lassen wollte, hing von ihrer Lippe. Sie wischte sie sich weg und schnaubte. »Ist nicht passiert.«

»Ist er wohl. Ich habe gesehen, wie ihr beide einander beobachtet und so getan habt, als würdet ihr es nicht tun.« Jaimie verdrehte die Augen. »Es war so offensichtlich.«

»Ich würde nicht von offensichtlich sprechen«, murmelte Yvette.

»Was soll das denn heißen?«

»Du und Xavier. Alle wissen, dass ihr aufeinander steht.«

»Und? Es wird nie passieren.« Ihre Freundin warf den Kopf zurück.

»Warum nicht?«

»Weil er ein Arschloch ist.«

»Ja. Das sind all meine Brüder.«

»Na ja, ich verdiene Besseres als ein Arschloch.«

»Okay?«, stimmte Yvette zu, wobei sie sich fragte, was Xavier getan hatte, um Jaimie zu verärgern.

»Also, wann siehst du ihn wieder?«

»Wen?« Diesmal stellte Yvette sich absichtlich dumm, da sie nicht »*Niemals*« sagen wollte. Der Captain und sie ... es war kompliziert.

Heilige Scheiße. Sie war soeben zu einem Klischee geworden.

»Bitte, es ist so offensichtlich, dass ihr beide noch nicht miteinander fertig seid. Lass das nur Phil nicht hören. Er hat den Drang dazu, die Federn des Captains als Kissenfüllung zu verwenden.«

Yvette rieb sich die Stirn. »Ich kann nicht.«

»Warum nicht?«

Sie nutzte die mehr als schäbige Ausrede: »Es ist kompliziert.«

»Nur weil du willst, dass es so ist. Hab Sex. Hab Spaß.«

»Was, wenn er mehr will und ich es ihm nicht geben kann? Es könnte ihn brechen.«

»Was, wenn er die Erdnussbutter zu deinem Marmeladenbrot ist, auf die du gewartet hast?«

»Du weißt, dass ich allergisch gegen Erdnüsse bin.«

»Meinetwegen. Er könnte die Sour Cream für deine Nachos sein. Der Kermit zu deiner –«

»Diesen Satz würde ich nicht beenden.« Yvette hob einen Finger.

»Der Punkt ist, der Kerl hat eine harte Zeit durchgemacht, und wenn alle ihm aus dem Weg gehen, weil es erneut passieren könnte, was denkst du, wird passieren?«

»Soll ich dir was sagen? Ich werde darüber nachdenken.«

Yvette grübelte über den Captain. Seine Art, wie er dafür sorgte, dass sie sich wie eine Frau fühlte. Die Tatsache, dass das Leben kurz sein konnte und sie nur ungern etwas bereuen würde.

Und zu guter Letzt hatte er sie eingeladen, es erneut zu tun. Als alle ins Bett gingen, wagte sie es und schlich sich zu ihm. Ausnahmsweise war er in seinem Zelt, wo er auf der Bettkante saß, als hätte er gewartet. Sie trat ein und legte einen Finger an ihre Lippen. Sie mussten leise sein, denn ihre Brüder wären nicht glücklich, wenn sie die beiden gemeinsam fänden. Aber sie konnte nicht wegbleiben.

Eli streckte seine Hand aus und es wurde nichts gesagt, aber die Lust war überwältigend.

Sein Mund war überall auf ihr, kostete, leckte,

saugte. Er brachte sie mit seiner Zunge zum Höhepunkt, dann mit seinem Schwanz, während sie ihre Zähne in seiner Schulter vergrub und ihn biss, um ihre Schreie zu dämpfen, als sie kam.

Als wäre zweimal nicht genug, legten sie nach einem Nickerchen von ungefähr einer Stunde wieder los, überwiegend durch sie initiiert. Sie lagen in der Löffelchenstellung und sein Schwanz, der selbst im Schlaf ein wenig hart war, war an sie gepresst. Es war nicht schwer, sich so an ihm zu reiben, dass er wach wurde und sie ihm zeigen konnte, dass sie bereit für mehr war.

Er war mehr als bereit, ihr zu folgen, und glitt von hinten in sie hinein. Mit der Hand wanderte er zu ihrer Vorderseite und spielte mit ihrer Klitoris, während er zustieß und diese perfekte Stelle in ihr traf, bis sie so heftig kam, dass sie für eine Sekunde bewusstlos wurde.

Sie schlief den Großteil der Nacht bei ihm und schlich sich kurz vor dem Morgengrauen hinaus, da sie zu einer weiteren Runde ansetzten.

In der nächsten Nacht kehrte sie für mehr zurück.

Es wurde nicht über die Tatsache gesprochen, dass sie nicht verhüteten. Wenn es geschah, geschah es.

Die Tage vergingen in einem Nebel aus Vorbereitungen und heimlichem Sex.

Sie hatte noch nicht genug bekommen, als sie ihre Befehle erhielt. Sie brachen am nächsten Morgen auf.

KAPITEL ZWANZIG

Als Yvette den dritten Abend in Folge in sein Zelt kam, konnte Eli sehen, dass etwas nicht stimmte.

»Gehen wir zu unserem Ort«, murmelte er und da traf es ihn, dass er dieser Frau so nahegekommen war, dass sie so etwas hatten.

Sie nickten und sie verließen gemeinsam das Lager, wobei sie sich an den Wachposten vorbeischlichen, um zu ihrem Versteck an dem Baum zu gelangen. Erst als sie dort angekommen waren, sagte sie schließlich: »Ich habe unsere Befehle bekommen. Wir marschieren bei Morgengrauen los.«

Es traf ihn hart, auch wenn er es erwartet hatte. Die reale Welt hatte endlich beschlossen, zu ihnen vorzudringen, und die Dinge würden nie wieder dieselben sein. Er wusste es. Yvette wusste es ihrem besorgten Gesichtsausdruck nach zu urteilen ebenfalls.

»Ich weiß nicht, ob wir bereit sind.«

Er tat sein Bestes, sie zu beruhigen. »Das Geschwader wird sich gut schlagen.«

»Wird es das? Denn die meiste Zeit weiß ich immer noch nicht, was diese Drachen tun werden.«

»Aber die gute Neuigkeit ist, obwohl sie uns nicht sagen, was sie tun können, wissen wir, dass sie mächtig sind – und auf unserer Seite stehen.«

»Bis sie es nicht mehr tun.« Sie verzog die Lippen.

Er änderte den Kurs der Unterhaltung. »Was steht uns bevor?«

Die Frau, die selten nervös aussah, biss sich auf die Unterlippe. »Die Informationen, die mir gegeben wurden, sind dürftig. Zusammengefasst wird es ein fast ausschließliches Manöver in der Luft sein, bei dem wir möglicherweise unter Beschuss genommen werden. Wir hätten Montezumas Dodgeball üben sollen.« Der Name für die Übung, bei der sie es mieden, mit Dingen bombardiert zu werden.

»Von welcher Feuerkraft sprechen wir?«

»Unbekannt. Mir wurde gesagt, ich solle so ziemlich alles bis auf Kugeln erwarten.«

Er blinzelte. »Das ist seltsam.«

»Ich weiß.« Ihre Antwort war ein leises Flüstern.

»Haben wir irgendwelche Luftaufnahmen, um das Gebiet zu studieren?«

Sie schüttelte den Kopf.

»Sicher gibt es irgendwelche Bilder von der Absetzzone? Eine topographische Karte?«

»Nein.« Ihre Frustration wurde mit dieser einzelnen Silbe deutlich. »Es gibt keinerlei Bilder, nur irgendeinen vagen Bockmist darüber, dass wir fliegen müssen und dass es Trümmer geben wird, von denen manche immer noch als Verteidigungssystem aktiv sein könnten.«

Daraufhin zog er die Augenbrauen hoch. »Klingt nach einer Mission im Weltall.«

»Es wird noch seltsamer«, verkündete sie. »Das Endziel der Mission besteht darin, eine Box zu holen, die in irgendeiner Art Tempel versteckt ist.«

»*Tempel* deutet auf Religion hin. Müssen wir uns um Fanatiker Sorgen machen?« Wesentlich gefährlicher als schlecht bezahlte Regierungssoldaten oder Auftragssöldner.

»Das steht nicht in den Befehlen.«

Sie hatten sie wirklich beschissen, wenn es um die Einsatzbesprechung ging, und er konnte sehen, dass es sie störte. »Wir können es selbst herausfinden, wenn wir uns die Koordinaten des Bereiches ansehen.«

»Auch unbekannt.«

Schließlich platzte selbst ihm die Hutschnur. »Wie kann das unbekannt sein? Brauchen wir nicht den Standort dessen, wo wir einfallen?«

»Mir wurde gesagt, wir würden transportiert werden.«

»Das ist Schwachsinn.« Er verstand ihre Aufregung.

»Da stimme ich dir zu.«

»Dass du die Mission nicht durchführst, sofern sie dir nicht bessere Informationen geben?« Denn einen solchen Mist hätte eine ordentliche Standpauke seinerseits eingebracht.

Sie verzog die Lippen. »Das ist es ja, sie haben keine weiteren Informationen.«

Er schrie beinahe über die Nichtantworten. Er nahm einen tiefen Atemzug. Er war nicht wütend auf sie. Daran musste er denken. »Vielleicht können wir selbst noch etwas herausfinden. Du sagtest, das Ziel sei eine Box? Was befindet sich darin? Eine Atombombe? Eine Biowaffe?«

Trockene Belustigung verzog ihre Miene. »Ein Dschinn.«

Na, das war etwas, das er nicht erwartet hatte. Wie gut, dass er genügend Aufnahmen gesehen und genügend Berichte gelesen hatte, um bei dem Wort nicht mehr spöttisch zu schnauben. »Stellt er irgendeine Gefahr da?«

»Wahrscheinlich. Mir wurde gesagt, ich solle allen einbläuen, dem Dschinn nicht zuzuhören und ihn unter keinen Umständen herauszulassen.«

Er fuhr sich mit einer Hand durch die Haare. »Wird diese Box speziellen Transport brauchen? Einen Handschuh? Eine ausgekleidete Tasche?«

Sie zuckte die Achseln. »Das wurde nicht gesagt. Nur, dass wir die Box holen und die Stimme darin ignorieren sollen.«

»Das gefällt mir nicht«, sagte er.

»Mir auch nicht.«

»Dann sag Nein.« Gott wusste, dass er sich wünschte, er hätte vor Jahren dasselbe getan.

»Das kann ich nicht. Das Gremium hat die Wichtigkeit betont, dass wir dieses Objekt beschaffen.«

»Dann sollten sie dir mehr Informationen geben,

damit du besser planen kannst.«

»Ich stimme zu, dass das nützlich wäre, aber das haben sie nicht, und ich habe keine wirkliche Wahl.«

Er presste die Lippen aufeinander. »Die hast du. Du bist einfach nur nicht willens, ihnen zu sagen, sie sollen sich zum Teufel scheren.«

»Und du würdest das tun?«

Jetzt würde er das tun. Aber damals … er war ein guter Soldat gewesen. »Ich schätze, du befindest dich in einer unmöglichen Lage.«

»Ach was. Wenn das mehr oder weniger eine vollständige Mission in der Luft ist, dann wissen wir beide, dass niemand sonst das tun kann, was wir können«, erinnerte Yvette ihn.

»Es ist unglaublich gefährlich, da blind reinzugehen.«

»Welche andere Wahl haben wir?«

Es war die ganze *Wir*-Sache bei der Darstellung des Problems, die ihm eine Idee einbrachte. »Ich werde gehen. Allein. Ein Vogel allein. Es sollte einfach sein, sich zur Auskundschaftung hinein- und wieder hinauszuschleichen.«

»Und wenn du das Sicherheitssystem auslöst?«

»Dann sterbe ich.« Diesem Schicksal hatte er sich bereits seit einer Weile ergeben.

»Du Idiot! Ist dir schon mal in den Sinn gekommen, dass wir vielleicht nur einen Versuch haben? Was, wenn du denjenigen verschreckst, dem die Box gehört, und er sie an einen anderen Ort bringt?« Sie war mit ihrer Tirade noch nicht fertig. Ihre Miene wurde finster. »Ich kann nicht einmal glauben, dass du das überhaupt vorschlägst. Mir zu befehlen, im Lager zu sitzen, wo ich Däumchen drehe, während du den Märtyrer spielst. Wenn das funktionieren soll, dann nur, weil wir als Team agieren.«

Die Zurechtweisung schmerzte und er explodierte. »Ein Team, das vielleicht dezimiert wird, wenn du dir nicht ein paar Tage nimmst, um es besser zu planen. Oder zumindest eine verdammte Karte verlangst. Schlag nicht nur deine Fersen zusammen und sag Ja. Denk an die Leben im Geschwader.«

»Das tue ich, aber ich denke auch über meine kleine Welt hinaus. Was, wenn jede Stunde, die wir warten, in langer Hinsicht mehr Leben kostet? Das Gremium sagte, wir müssten uns mit der nötigen Eile bewegen.«

Das Gremium neigte nicht dazu, schnell zu handeln, es sei denn, sie fühlten sich in die Ecke gedrängt. Yvettes Worten und ihrer Miene nach zu urteilen würde das mit oder ohne ihn geschehen.

Sie würden sich blind in eine gefährliche Situation begeben. Manche von ihnen würden vielleicht nicht überleben. Aber Yvette hatte den Mut, das zu akzeptieren.

Die Frage war, galt das auch für ihn?

Eine Trainingsübung war eine Sache. Das reale Leben? Es würde Konsequenzen geben. »Ich weiß nicht, ob ich das tun kann.«

Etwas in ihrem Gesicht wurde ausdruckslos. Ihre Miene wurde nichtssagend. »Ich verstehe. Es tut mir leid, dass du nicht bereit bist.« Er hörte ihre Worte, und alles, was er verstand?

Du Feigling.

Er öffnete den Mund. Er wollte dem Colonel sagen, dass er an ihrer Seite fliegen würde. Er wollte sie packen und sie küssen, ihr versichern, dass sie auf ihn zählen konnte. Aber gleichzeitig hatte er Angst. Der Eiserne Adler war nicht mehr der Rebell, der er einst in der Luft gewesen war.

Bevor er seine Zunge finden konnte, sagte sie: »Ich muss mich bereit machen. Wir brechen im Morgengrauen auf.«

Damit ging sie.

Sie ließ ihn mit dem Gedanken zurück, dass er ein Feigling war.

Und sie hatte recht. Er hatte Angst davor, sie zu verlieren, Curry, alle, die er kennengelernt hatte. Dann war da dieser andere quälende Gedanke. Was, wenn es nach der Mission zwischen ihnen aus war?

So wie jetzt.

Weil er ein Feigling war.

Nein.

Nein!

Das konnte er sie nicht denken lassen. Sie brauchte ihn an ihrer Seite. Konnte er wirklich im Lager sitzen und sich fragen, was passierte? Was, wenn es schieflief und er den Unterschied hätte machen können?

Warum zur Hölle stand er wie ein Idiot herum?

Geh ihr nach.

Er machte einen Schritt –

Als er aufwachte, war er an Händen und Füßen in einem Sack gefesselt.

KAPITEL EINUNDZWANZIG

Stampf, stampf.

Wütend auf Eli marschierte Yvette zurück ins Lager. Sie war verärgert über seine Reaktion und noch zorniger auf sich, dass sie verletzt und enttäuscht war. Ihre Stimmung verbesserte sich nicht, als sie über die Tatsache nachdachte, dass Eli einige berechtigte Argumente vorgebracht hatte.

Sich blind in eine aktive Gefahrenzone zu begeben war lebensmüde. Was er nicht zu verstehen schien? Es gab keine andere Wahl. Als der General ihr die Befehle des Gremiums übergeben hatte, hatte er deutlich gemacht, dass sie keine Zeit mehr hatten und er über keine weiteren Informationen verfügte. Scheinbar wäre es ein Rennen zwischen den Guten – ihnen – und den Bösen – allen anderen –, wer zuerst zu der Box mit dem Dschinn gelangte. Da die Geschwindigkeit ein Problem war, ergab das Beharren des Generals darauf, dass sie nicht vor dem Morgen aufbrechen konnten, keinen Sinn. Es hatte wohl etwas damit zu tun, dass Flugzeuge koordiniert werden mussten, und sie ging davon aus, dass es sich auf ihren Transport bezog.

Ihr Stampfen blieb nicht unbemerkt. Beim Eintritt in das Lager zog sie sich zwei neugierige Schatten zu. In dem Wissen, dass sie irgendwelchen Mist anfangen würden, schoss sie beinahe auf sie. Sie versuchte sogar, sie wortlos davor zu warnen, sie auf die Probe zu stellen, indem sie den Griff ihrer Waffe befühlte.

Phil stieß Owen an. »Mach schon, frag sie.«

»Wohin hast du dich die letzten Abende geschlichen?«

»Als wüsstet ihr das nicht.« Ihre Finger umschlossen die Waffe, zogen sie aber noch nicht hervor.

»Meinst du es ernst mit diesem Adlertypen?«

Jetzt? Sie würden diesen Mist jetzt, bei allem, was vor sich ging, anfangen? Sie zog eine Augenbraue hoch. »Wenn ihr mit *ernst* vögeln meint? Dann ja.«

Dieses Eingeständnis war die Würgegeräusche wert, wobei Owen am lautesten stöhnte. »Nein. Warum musst du uns so traumatisieren?«

»Und mit einem Vogel!«, rief Phil beleidigt.

»Warte, bis Mom das herausfindet«, schalt Owen sie.

»Mama?« Yvette lachte. »Sie wird begeistert sein. Sie geht mir schon lange mit meinem fehlenden Nachwuchs auf den Wecker. Ich wage sogar zu sagen, sollte ich schwanger werden, werdet ihr eine Weile lang während der Familienessen meine Lieblingsgerichte essen. Ich hoffe, ihr seid in der Stimmung für Pasta und noch mehr Pasta.«

Phil, Vater von vier Kindern, runzelte die Stirn. »Warte einen Moment, sag mir, dass du auf Nummer sicher gehst.«

»Wir tun nichts Versautes, bei dem ein Stopp-Wort nötig wäre, falls du das meinst«, war ihre freundliche Antwort, die zu weiterem Würgen führte.

»Ihr benutzt besser Kondome!« Owen wackelte mit einem Finger.

Ihr Lächeln war reine Bosheit, als sie förmlich schnurrte: »War es nicht Phil, der, als er seine Frau zum zweiten Mal versehentlich geschwängert hat, behauptet hat, dass es mit Gummi einfach nicht dasselbe sei?«

Weiteres Würgen folgte. Als ihre Brüder sich erholt hatten, bliesen sie zum Angriff.

»Was, wenn du Hühnerkinder mit ihm bekommst? Weißt du, wie schwierig es sein wird, meinen Kindern zu erklären, warum sie ihre Cousins nicht fressen dürfen?« Phils zwei Älteste verwandelten sich bereits in ihre Gestalten und jagten – zum Nachteil der Vogelpopulation in der Gegend.

»Ganz zu schweigen davon, dass ich nicht der Schwager eines Vogels sein will. Das werden wir im Dschungelklub nie los«, beendete Owen die Litanei an Beschwerden.

Und das war das Schlimmste. Hatte er soeben angedeutet, dass sie zusammenbleiben würden? Heiraten? Mann und Frau? Für immer zusammen –

Schluck. »Mal langsam. Niemand heiratet. Wir haben nur sehr guten Sex.«

»La, la, la, la, la.« Sie steckten sich die Finger in die Ohren und sangen, während sie die Augen verdrehte. Außerdem verfiel sie innerlich in Panik.

Mit einer Schwangerschaft konnte sie umgehen. Das taten alleinerziehende Mütter ständig. Die Vorstellung, wie Eli für mehr als nur Teilzeit-Vater da war? Sie hatte nicht wirklich über den guten Sex hinausgedacht, wenn sie ehrlich war. Aber als sie sich dem Thema gedanklich kurz widmete, konnte sie zugeben, dass der Captain etwas Anziehendes hatte. Selbst jetzt, anstatt zu verkünden, dass sie ihn nie wiedersehen würde, forderte sie ihre Brüder bereits heraus, es ihrer Mutter zu sagen und offiziell zu machen.

Ich habe einen festen Freund. Vielleicht. Sie hatte ihn irgendwie recht abrupt im Wald zurückgelassen. Und er kehrte nicht zurück. Nicht einmal an diesem Abend, während sie die Pläne mit dem ganzen Geschwader besprach, da sie es verdienten zu entscheiden, ob sie mitmachten oder nicht. Sie fragte sich, wie viele sich wie Eli weigern würden.

Babette fasste die Situation am besten zusammen. »Du willst, dass wir aus einem Flugzeug in einen unbekannten Bereich springen, ohne Karte, ohne jegliches Vorwissen, bis darauf, dass es gefährlich sein wird und wir eine Box mit einem Dschinn darin holen müssen?«

»Ja.«

»Scheiße ja, ich bin dabei!« Babette stieß ihre Faust in die Luft.

Woraufhin Adi rief: »Ich war schon dabei, bevor du diese Frage gestellt hast.«

»Ich auch!«

»Ich.«

Alle schlossen sich an und Yvette musste den Kopf senken, um nicht zu riskieren, dass jemand die Tränen in ihren Augen sah. Der Captain hatte dafür gesorgt, dass sie an sich und ihrer Entscheidung, die Mission durchzuführen, zweifelte. Das Geschwader jedoch sah denselben Handlungsbedarf wie sie.

Sie verbrachten ein paar Stunden mit der Planung und der Besprechung von Möglichkeiten, die vielleicht nie eintreten würden. Um Mitternacht gingen alle für ein paar Stunden zu Bett. Schliefen sie alle?

Yvette tat es, jedoch unruhig, da der Captain verschwunden zu sein schien. Er war nicht in seinem Zelt. Man hatte ihn nicht im Lager gesehen. Er hatte sich kein Essen im Speisezelt geholt. Genauso wenig war er im Wald – sie war eingeknickt und hatte nachgesehen.

Kurz vor dem Morgengrauen, als sie sich auf dem Rollfeld einfanden, wo das Flugzeug wartete, war der allgemeine Konsens, dass niemand den Captain seit dem vorherigen Tag gesehen hatte – niemand bis auf Yvette, was dazu führte, dass ihre Brüder sie umzingelten.

Owen kam näher zu ihr, um zu fragen: »Brauche ich eine Schaufel?«

»Wofür?«

»Natürlich, um ein Loch für die Leiche zu graben.« Phil prustete.

Sie blinzelte. »Welche Leiche?«

Owen verdrehte die Augen. »Die des Captains. Du warst die Letzte, die ihn gesehen hat, also erscheint es logisch, dass er dich wütend gemacht hat. Vermutlich hast du fataler auf ihn geschossen als auf Bobby, als der dachte, er könnte dir nach dem Highschool-Abschluss auf den Hintern schlagen.«

Es war nicht das einzige Mal gewesen, dass Bobby angeschossen worden war. Er hatte drei Schusswunden gebraucht, bevor er verstand, dass er seine Hände bei sich behalten sollte.

Wie nett ihre Brüder waren, dass sie dachten, sie hätte Eli Schlimmeres angetan. »Ich habe den Captain nicht umgebracht.«

»Sicher hast du das nicht.« Xavier nickte ernst, als würde er der Psychofrau zustimmen.

»Aber ich wünschte, ich hätte es getan«, murmelte sie. Sie fühlte sich von Eli im Stich gelassen. Nach allem, was er überwunden hatte, hatte sie ehrlich nicht erwartet, dass er feige werden würde.

»Willst du, dass ich ihn finde und für eine ordentliche Tracht Prügel herschleppe?« Owen rieb sich praktisch vor Freude die Hände.

»Scheiß auf ihn. Wenn er nicht kommen will, dann sind wir besser ohne ihn dran«, verkündete sie mit zugeschnürter Kehle. Sie hasste die Tatsache, dass es sie verärgerte.

»Oh nein. So leicht kommt er nicht davon. Verdammtes Arschloch. Ich werde ihn draußen aufspießen, damit die Tiere ihn fressen können«, verkündete Phil mit einer Bewegung seiner Fäuste.

»Nein, das wirst du nicht tun.« Auch wenn sie es zu schätzen wusste.

Xavier hatte eine noch dümmere Idee. »Willst du, dass ich dir einen Becher Eiscreme suche?«

»Ich habe keine Zeit zum Essen. Wir haben eine Mission zu erfüllen.« Es war an der Zeit, dass sie sich darauf konzentrierte, und nicht auf den Mann, der sie enttäuscht hatte.

»Apropos ... wir kommen nicht mit dir.«

Das hatte sie irgendwie erwartet, da die Mission in der Luft stattfand. Dennoch ... es erschien ihr plötzlich. »Was macht ihr stattdessen?«

»Einen anderen Auftrag erledigen.«

»Seit wann? Wie kommt es, dass ich zum ersten Mal davon höre?«

»Dürfen wir nicht sagen.« Ihre übliche Antwort, wenn das Gremium etwas Besonderes von ihnen verlangte.

Diese Nichtantwort ging zudem mit drei gleichzeitigen Umarmungen einher, die sie mit ihrer Liebe erdrückten, bis sie knurrte: »Ich habe meinen Finger am Abzug. Wer verliert einen Zeh?«

Gewalt hatte die Angewohnheit, rührselige Tränen versiegen zu lassen.

Mit Versprechen, nicht brav zu sein, verschwanden ihre Brüder von der Startbahn. Es war nicht zwingend schlecht, dass sie nicht mitkamen, da sie dazu neigten, ihren Stil zu stören. Dennoch war es schön gewesen, sie in der Nähe zu haben.

Jaimie lief zu ihr und wurde erst langsamer, als sie Yvettes Seite erreichte. »Verdammt, es ist früh.«

»Hast du gegessen?«, fragte Yvette. Jaimie kam mit leerem Magen nicht gut klar.

»Das habe ich. Alle haben sich etwas geholt. Bis auf die Drachen.«

Da sie vor ein paar Tagen gesehen hatte, wie eine Lieferung freilaufender Rinder losgelassen worden war, machte sie sich keine Sorgen um sie.

»Bist du bereit?«, fragte Yvette ihre Freundin.

»Ja.«

»Hast du Angst?«

»Scheiße, ja. Du nicht?«

Yvette log diesmal und jedes andere Mal, als sie sagte: »Scheiße, nein.« Sie würde niemals ihre Angst zugeben. Sie kämpfte jeden Tag dagegen an. Die Angst gewann nur, wenn sie es ihr erlaubte. Die Leute verstanden nicht, dass Selbstsicherheit viel Arbeit und eine große Menge Vortäuschung erforderte.

Sie näherten sich dem Flugzeug und ein Teil des Geschwaders versammelte sich auf dem Rollfeld. Curry hakte die Kästchen auf seiner Liste ab – so viele Listen mit Unterlisten. Aber sie beschwerte sich nicht, da er alles am Laufen hielt.

»Gut, dass er verheiratet ist«, bemerkte Jaimie. »Ich liebe organisierte Männer.«

»Xavier ist ziemlich ordentlich.« Er machte immer sein Bett und konnte dreckiges Geschirr nicht ertragen. Er hatte ein paar Wochen bei ihr gewohnt, bevor er verkündete, dass er mit ihrer unordentlichen Art nicht leben konnte.

»Mir ist ziemlich egal, was dein Bruder tut.«

Yvette konnte nicht umhin, sie aufzuziehen. »Gut zu wissen. Babette hat gefragt, ob er Single ist. Es scheint, als hätte sie die perfekte Cousine für ihn.«

»Ist das so?« Jede Silbe wurde angestrengt herausgepresst.

»Kannst du dir kleine Drachenjaguare vorstellen? Denkst du, sie wären pelzig und nicht mit ledriger Haut?«

»Hmpf. Ich muss mit dem Piloten sprechen.« Jaimie marschierte davon.

Gut, dass Jaimie Xavier hasste. Vielleicht würde Yvette Jaimie und ihren Bruder nach dieser Mission zusammen in einem Raum einschließen. Sie dazu zwingen, ihre unsterbliche Liebe füreinander zu gestehen.

Als Curry von seinem Tablet aufsah und sie entdeckte, zuckte er zusammen. Bereits bei einem halben Salut angekommen erinnerte er sich an ihre Befehle und nahm seine Hände hinter den Rücken.

»Rühren, Captain. Bin das nur ich oder scheint unsere Crew ein wenig geschmälert zu sein?«

»Captain Jacobs scheint zu fehlen, genau wie die Silvergraces.« Bisher wusste noch niemand so recht, wie man sie ansprechen sollte. Sie hatten keinen Dienstgrad.

Sie schürzte die Lippen. »Denken Sie, sie sind auch abgesprungen?« Die Worte kamen ein wenig schroff heraus und Curry verzog das Gesicht.

»Ich schwöre, Ma'am, ich hätte wirklich nie

gedacht, dass der Captain fliehen würde. Es schien ihm so viel besser zu gehen.«

»Ich schätze, da hat er uns beiden etwas vorgemacht.« Entweder das, oder ihm war etwas zugestoßen. Es war keine Zeit, um zurück in den Wald zu laufen und nachzusehen. Keine Zeit für etwas anderes als ein kurzes Gebet.

Gerade als sie das Schließen der Flugzeugklappe befehlen wollte, erschienen die Silvergrace-Damen in leichten Kleidern, zusammen mit Jeebrelle, die ein schaumiges Kleid trug, das aus nichts als grünem Nebel zu bestehen schien. Einer der apokalyptischen Reiter beabsichtigte, sich ihnen anzuschließen? Das konnte kein gutes Zeichen sein.

Sie ließen sich Zeit, was dazu führte, dass Yvette ungeduldig mit dem Fuß wippte.

Adi zog eine Augenbraue hoch. »Gibt es ein Problem?«

»Wir hätten schon vor zwei Minuten abheben sollen.«

»Dann werden wir ein wenig schneller fliegen«, kam Babettes freche Antwort.

»Was tut sie hier?« Yvette zeigte auf Jeebrelle, ohne sich darum zu scheren, ob es unhöflich war.

»Wir können unsere Mission ohne sie nicht erfüllen«, verkündete Adi, die an Yvette vorbei ins Flugzeug marschierte.

»Warum war sie dann nicht Teil meiner Einsatzbesprechung?«

»Weil Jeebrelle unsere Geheimwaffe ist.« Babs zwinkerte, als sie als Nächstes vorbeiging.

Womit Jeebrelle bei Yvette innehielt. Der Nebel ihres Kleides war aus der Nähe noch seltsamer – genau wie die Frau selbst.

»Kannst du fliegen?«, fragte Yvette. Denn ansonsten müssten sie einen Plan machen.

»Mach dir keine Sorgen um mich. Meine Rolle dreht sich darum, euch hin- und wieder zurückzubringen.«

»Und das *Hin* wäre wo?«, fragte sie, als sie weit genug in das Flugzeug hineintraten, damit es die Klappe schließen konnte.

»Ein Ort, der nicht existiert und nicht betreten werden kann. Eine Welt, die sich in dieser befindet und es doch nicht tut.«

»Das hat keinerlei Sinn ergeben«, murmelte Yvette, als sie sich den zwei Drachen näherten, die ihre üblichen Plätze eingenommen hatten.

»Hast du je *Die Reise zum Mittelpunkt der Erde* gelesen?«, fragte Babette, die einen herunterhängenden Griff packte, als das Flugzeug beim Start bebte.

»Ich habe den Film gesehen.«

»Nahe genug dran. Kurz gesagt, wir werden an einen unmöglichen Ort reisen, wo die gewöhnlichen Regeln – und vor allem die Wissenschaft – nicht gelten.«

»Moment mal. Was meinst du damit, dass die Wissenschaft nicht gilt?« Die Mission hatte soeben eine Wendung genommen, die Yvette nicht gefiel.

»Du wirst schon sehen!«, sang Babette. »Ich würde dir empfehlen, dich irgendwo festzuhalten, denn es wird gleich holprig.«

Eine Untertreibung.

Alles bebte und schwankte. Das Team saß mit aufgerissenen Augen und heftig durchgerüttelt in seinen Gurten.

Bis auf Jeebrelle. Die Frau hing im Bauch des Flugzeuges mitten in dem offenen Raum, völlig ungerührt von den Turbulenzen. Die Arme ausgestreckt und den Kopf nach hinten geneigt summte sie einen Ton, der nicht existieren sollte. Er war disharmonisch und schrecklich schön zugleich. Ein grüner Nebel umgab sie. Das Schimmern strahlte aus ihren Augen, selbst durch ihren Mund war es sichtbar.

Eine tosende Stille erfüllte Yvettes Ohren, die im Widerspruch zu den sie umgebenden offenen Mündern stand, die in Zeitlupe zu schreien schienen. Der Druck in ihrem Kopf wurde stärker. Ihre Ohren wurden strapaziert und drohten gerührtes Gehirn auszuspucken. Gerade als sie dachte, sie würde entweder explodieren oder implodieren, hörte es auf.

Alles hörte auf.

Das Zittern in ihren Muskeln ließ nach.

Der Druck in ihren Ohren verschwand.

Münder wurden geschlossen. Nicht ein Piep kam aus ihnen heraus.

Schließlich setzten die Triebwerke aus.

Oh, oh.

KAPITEL ZWEIUNDZWANZIG

Das Aufwachen an sich war nichts Schlechtes. An Händen und Füßen gefesselt in jemandes Zelt aufzuwachen? Das stand nicht sonderlich weit oben auf Elis Liste.

Jemand hatte ihm die Hände hinter den Rücken und die Knöchel zusammen gebunden. Das Klebeband, das sie benutzt hatten, befestigte auch seine Arme eng an seinem Körper. Er konnte sich nicht verwandeln, ohne sich einen Flügel zu brechen. Mistkerle.

Wer hatte ihm das angetan? Das Öffnen seiner Augen bestätigte nur, dass seine Entführer ihm einen Sack über den Kopf gestülpt und einen Lappen locker in den Mund gestopft hatten. Widerlich.

Der Drang, ihn auszuspucken, siegte beinahe, aber er sollte vorsichtig damit sein, Aufmerksamkeit zu erregen. Er musste verstehen, was vor sich ging.

Das Rascheln von Stoff – war er in einem Zelt? –

ging dem leisen Murmeln von Stimmen voraus. Sie waren ihm bekannt und diskutierten miteinander.

»… Mama wird uns umbringen, wenn sie herausfindet, dass wir das Baby allein haben losziehen lassen.«

Baby? Yvette würde nicht gefallen, dass Phil sie so nannte.

»Wir hatten keine Wahl. Du hast gehört, was dieser gelbe Drache gesagt hat«, antwortete Owen.

Und um den Dreier zu vollenden, sagte Xavier mit einem nachsichtigen Seufzen: »Ich verstehe nicht, wie wir eine Wahl hätten haben können, wenn ihr Dämonenmann gesagt hat, er würde uns umbringen, wenn wir seiner Frau nicht gehorchen.«

»Eigentlich waren seine genauen Worte ›Ich werde euch einen Stock in den Arsch schieben, bis er aus eurem Mund herauskommt, und euch über dem Feuer rösten‹«, korrigierte Phil ihn.

»Wie Tante Jean es mit diesem Wildschwein zu Weihnachten gemacht hat, bis sie und Mom diesen Streit hatten. Ich vermisse es, wie sie mir auf die Hand geschlagen hat, wenn sie mich bei dem Versuch erwischt hat, ein Stück zu klauen«, war Owens Ergänzung.

»Du hast dir ein ganzes Bein genommen«, rief Phil.

»Ich war ein wachsender Junge!«, verteidigte Owen sich.

Während sie diskutierten, arbeitete Eli daran, den Knebel auszuspucken.

»Ich wusste immer, dass ich eines Tages in der Hölle enden würde. Ich hätte nur nie gedacht, dass der Teufel persönlich zu mir kommt«, beschwerte Owen sich, was keinerlei Sinn ergab.

»Besser der Teufel als seine Frau. Die Frechheit dieses Kerls, von mächtigen Panthern zu verlangen, einem Kanarienvogel zu gehorchen«, jammerte Phil.

Gelbe Drachen. Dämonen. Der Teufel. Und jetzt ein Kanarienvogel? Elis Ohren mussten halluzinieren. Vielleicht lag es am Sauerstoffmangel.

»Hör verdammt noch mal auf zu jammern«, brummte Xavier. »Wir haben einen Job zu erledigen.«

»Einen Job, der angeblich ihn erfordert?« Phil hielt sich mit der Beleidigung oder dem Anstoßen mit seinem Zeh nicht zurück.

Mit einer letzten Bewegung seiner Lippen und seines Kiefers spuckte Eli den Knebel aus und knurrte: »Könnte mir vielleicht irgendjemand erklären, was zur Hölle vor sich geht?«

Eine Sekunde lang herrschte Stille, dann flüsterte Owen: »Ich dachte, wenn man einen Vogel abdeckt, schläft er?«

Elis Antwort? »Wie oft wurdest du als Kind auf den Kopf fallen gelassen?«

Das Lachen gehörte zu Xavier. »Ich hasse es, dass ich ihn mag.«

»Ich nicht. Er vögelt unsere Schwester«, grummelte Phil. Als er sprach, wurde der Sack weggezogen.

Seine Adleraugen nahmen sofort alles in sich auf.

Alle drei Brüder, aber keine Yvette. Noch besorgniserregender war, dass es draußen hell zu sein schien.

»Sagt mir, dass sie noch nicht gestartet sind«, sagte Eli, der die Widerstandsfähigkeit des ihn fesselnden Klebebands testete.

Xavier zog seine Schultern hoch. »Sie sind weg. Seit ungefähr einer Stunde.«

»Eine Stunde?« Eli stöhnte. Er würde sie nie einholen.

»Keine Angst«, trällerte eine Stimme. »Du wirst zu dieser sehr wichtigen Verabredung nicht zu spät kommen. Es sei denn natürlich, du gehst nicht hin. Was passieren wird, da bin ich mir sicher, in einem alternativen Schrödinger-Universum. Immerhin, wenn wir dich nicht die Welt retten sehen, hast du dann nach dem Labour Day Weiß getragen?«

Die seltsame Rede ging dem Eintreten einer Frau mit strahlendem Ausdruck voraus. Sie trug den abscheulichsten Tarnanzug, den er je gesehen hatte, mit einem grellgelben und weißen Muster.

Ungefähr so subtil wie … er hatte keinen Vergleich, denn es schrie förmlich: »*Seht mich an und stoßt euch etwas Spitzes in die Augen.*« Es schien den Mann an der Seite der verrückten Frau nicht zu stören.

Der große, finstere Kerl löste in Eli den Wunsch aus, sich zu verwandeln und seine Flügel für einen guten, einschüchternden Schrei auszubreiten. Die Brüder schienen nicht entmutigt zu sein, denn sie ignorierten den großen Typen und sprachen die gelbe Frau an.

»Hey, Elspeth.« Owen winkte.

Elspeth verschränkte ihre Finger miteinander. »So schön, euch zu sehen, Jungs. Ich bin froh, dass es das Jetzt ist, bei dem Phil sich heute Morgen dazu entschieden hat, zusammenpassende Socken zu tragen, sonst hätten wir riesige Schwierigkeiten.« Sie lachte und ergab immer noch keinen Sinn.

Elis Verwirrung musste sichtbar sein, denn Xavier beugte sich zu ihm, um zu flüstern: »Elspeth sieht die Zukünfte.« Im Plural.

Seine Vorahnung ließ nicht nach. Sicherlich nahmen sie keine Befehle von einer verrückten Frau ohne Sinn für Mode an?

Als hätte sie ihn gehört, starrte Elspeth ihn direkt an und sagte: »Hallo, Eli. Wusstest du, dass nicht eine einzige Version dieses Moments ein anderes Ende hatte?« Sie fuhr fort: »Ich habe sie alle gesehen, und bei jedem ist jemand gestorben. Bei ein paar seid ihr alle gestorben. Manche Zukünfte können nicht geändert werden.«

Es ließ sich nicht anzweifeln, worauf sie sich bezog. Es erstaunte ihn, aber gleichzeitig entspannte es etwas in ihm. Er hatte sich oft gefragt, wie die Dinge hätten geändert werden können, damit niemand starb. Zu wissen, dass es vorherbestimmt war? Irgendwie demütigend.

»Wenn du die Zukunft sehen kannst, was passiert dann als Nächstes?«, fragte er.

»Du musst etwas Episches tun!«

»Ich?«

»Bist du sicher, dass du ihn meinst?«, warf Phil ein.

»Ja, ich meine Eli! Er wird ihr Held sein«, verkündete Elspeth, wobei sie in die Hände klatschte.

Sein Herz blieb stehen. »Ist Yvette in Gefahr?«

»Was ist los mit Ivy?«, fragte Xavier.

Elspeth neigte den Kopf und es war, als würde sie einen Ort anstarren, den keiner von ihnen sehen konnte, als sie laut nachdachte: »Du beeilst dich besser, bevor du ihren Rauch frisst.«

»Ich glaube, du meinst Staub«, korrigierte Owen sie.

Elspeths winziges Lächeln war verschmitzt, als sie sagte: »Oben ist unten, und unten ist oben, es gibt keinen Anfang, kein Ende, und am Ende denkt immer an die rubinroten Schuhe.«

Damit küsste die Frau den großen Mann, der die ganze Zeit dagestanden hatte, und sagte: »Wir sehen uns zum Abendessen, mein köstlicher Dämon.«

Irgendwie beruhigend, da es andeutete, dass sie zurückkehren würden.

Weniger beruhigend? Der große Kerl verwandelte sich plötzlich, und nicht in ein normales Ding, mit dem Eli umgehen konnte. Er wurde zu einem Abklatsch von Luzifer, mit Hörnern und allem Drum und Dran. Mit großen, schwarzen verdammten Flügeln und glühend blauen Augen.

»Was zur Hölle?«, rief Phil.

Eli wiederholte es beinahe. Nicht an Dämonen glauben und dann plötzlich einen sehen? Er fragte sich, ob er high war. Dann wünschte er sich, er hätte einen Drink. Eigentlich eine ganze Flasche.

Der Dämon musterte sie und sagte dann heiser: »Zu denken, dass du die Hoffnung der Welt bist.«

»Scheiß auf die Welt. Ich will nur Yvette retten.«

Der Dämon starrte ihn an. »Wage es nicht, zu versagen und meine Frau zu enttäuschen. Wenn sie wütend wird, wirst du sterben. Du wirst in einem Eintopf mit Kartoffeln und Brühe landen. Vielleicht ein wenig Pfeffer. Knoblauch.« Der Teufel schüttelte den Kopf. »Lass uns das hinter uns bringen, damit ich für ein nettes Abendessen nach Hause gehen kann.«

Eli hatte ein Problem. »Jemand muss mich freischneiden.«

»Tut uns leid. Wir haben kein Messer mitgebracht.« Die Brüder grinsten und zuckten alle die Achseln.

Der Dämon seufzte. »Die Welt ist offensichtlich verdammt. Ich wette, Ellie ist gerade zu Hause und packt unsere Sachen.«

Der Teufel beugte sich mit ausgestreckten Klauen vor und Eli erstarrte zu Eis. Er hielt den Atem an, als der Kerl das ihn fesselnde Klebeband durchschnitt. Als er sich aufrichtete und seine Gliedmaßen streckte, um das Blut wieder zirkulieren zu lassen, breitete der Dämon seine Arme aus und murmelte irgendeinen seltsamen Gesang.

Während Eli sich seine klebrigen Handgelenke rieb, grummelte er: »Haben wir wirklich Zeit für ein Gebet des Teufels?«

»Mein Name ist Luc, Fleischsack. Und ja, es ist

nötig. Also halt die Klappe, sonst werde ich die blutigere Version durchführen.«

Eli schloss den Mund, sah aber zu, was um ihn herum geschah. Die Brüder schoben ihre Arme durch die Träger von abgeänderten Rucksäcken mit Schalldämpfern, die unten herauskamen, und Gittern für Ventilatoren in der Mitte. Außerdem statteten sie sich mit Messern und Schusswaffen aus. Xavier hielt sogar eine Armbrust in der Hand.

»Wisst ihr, was zu erwarten ist?«, fragte Eli.

»Gefahr!«, erwiderte Owen.

Nicht gerade hilfreich.

»Was auch immer. Sollten wir nicht aufbrechen?«

»Das tun wir. In einer Sekunde. Sobald Luc fertig ist.«

»Womit?«, fragte Eli, bevor er sich über den seltsamen Wind wunderte, der in das Zelt strömte.

»Glaubst du an Magie?«, brüllte Phil, als der Dämon in die Hände klatschte und sich ein schimmerndes schwarzes Loch öffnete.

Das Wort *Nein* wurde hineingesaugt. Er schrie: »Was zur Hölle ist das?«

»Unser Weg in die Gefahrenzone«, erklärte Owen, der sich eine Schutzbrille aufzog.

»Das kann nicht euer Ernst sein. Da gehe ich nicht rein.« Ein Loch in Raum und Zeit zu betreten würde vermutlich nicht zu einem langen, gesunden Leben führen.

»Dann bleib hier, Feigling. Wir werden Ivy retten.« Phil richtete seine Brille und klopfte über seine Holster. »Ich bin bereit, wenn ihr es seid.« Ein Ausruf, den die anderen Brüder wiederholten.

»Bereit wofür?«, fragte Eli.

Es war der Teufel, der sagte: »Für einen Ort ohne Substanz.«

Eli verstand nicht, was das bedeutete, bis er den Brüdern durch dieses Loch im Raum folgte und sich in einem nicht endenden Himmel wiederfand.

KAPITEL DREIUNDZWANZIG

*A*ls die Triebwerke ausfielen, hatte Yvette eine halbe Sekunde, während derer sie in Panik verfiel. Dann brüllte sie Befehle. »Notfallevakuierung vorbereiten.« Diese beinhaltete ihren Piloten, einen Adler im Ruhestand, der nur den Katapultmechanismus auslöste, wenn er das Flugzeug nicht intakt landen konnte.

Erst als die Leute reagierten, erkannte sie, dass etwas Seltsames geschah. Zum einen hatten sie keinerlei Probleme, sich zu bewegen. Zum anderen schwebten sie, als wäre die Schwerkraft verschwunden. Und drittens fielen sie trotz der ausgeschalteten Triebwerke nicht herab – siehe das Fehlen der Schwerkraft.

Am beunruhigendsten war jedoch, dass jedes elektronische Gerät an Bord hinüber war. Ohrhörer. Mechanismen, die Strom brauchten, wie die Kontrollsteuerung, um die Klappe des Flugzeugs zu öffnen.

Stattdessen drehten sie das Druckventil für eine Notluke auf.

Erst als diese zur Seite glitt und Yvette in der Öffnung stand, schnappte sie nach Luft. »Wo zur Hölle sind wir?«

Adi schloss sich ihr an und sagte: »Nicht auf der Erde.«

»Ach was«, gab Babette zurück. Sie spähte ebenfalls um Yvette herum und verkündete: »Erinnert mich irgendwie an den Olymp.«

Yvette konnte sehen warum. Schicke Gebäude, die mitten in der Luft hingen, feine Wolken und schwere, wabernde Wolken. Es war ein Königreich in einem Himmel, ohne jegliche Straßen – nur Luft.

Kein Wunder, dass es für ihre Mission keine Karte gab. Das war ein neuer Ort. Aufregend. Unerforscht. Nicht mehr lange!

Mit weniger Dringlichkeit als zuvor, da ihr Pilot sie problemlos mithilfe der Luftströmungen zu fliegen schien, duckte sie sich wieder hinein, um zu brüllen: »Antreten!«

Ihre Leute hatten sich bereits ihrer Kleidung und nicht benötigten Dinge entledigt. Sie waren bereit. Curry tippte sich aufs Ohr. »Colonel, der Funk ist tot.«

»Also machen wir es auf die altmodische Weise. Ihr wisst, was zu tun ist. Vertraut eurem Instinkt.«

»Ich nehme an, das Ziel bleibt gleich?«, fragte Curry.

Es war Babette, die sagte: »Die Box finden. Die Welt retten.«

»Und wo ist die Box?«, fragte Curry.

»An dem Ort, der am meisten versucht, dich fernzuhalten.« Babette prustete. »Ich tippe auf die gefährlichste Stelle.«

Yvettes Blick landete auf Jeebrelle. »Irgendetwas hinzuzufügen?«

»Wir haben nicht viel Zeit, bevor sich das Fenster zu dieser Welt verwandelt.«

»Und das bedeutet was genau?«

»Wenn wir nicht schnell sind, dann sitzen wir hier fest, bis sich die Welten wieder zueinander ausrichten.«

»Darf ich fragen, wie lange?«

Jeebrelle neigte den Kopf. »In Erdenjahren? Nicht viele. Aber die Zeit bewegt sich hier anders. Also könnten Jahre auf der Erde hier ein Jahrhundert sein.«

Ein Jahrhundert? Sie wäre tot. Was bedeutete, dass sie besser keine Zeit verschwendeten.

Yvette betrachtete ihr Geschwader, verängstigt und doch voller Adrenalin. »Alle bereit?«

»Lasst uns die Welt retten!«, rief Babette, als sie zuerst hinaussprang. Die anderen folgten schnell.

Yvette kam als Letztes, da sie nach dem Piloten sah, der die Daumen in die Höhe streckte. »Ich schaffe das, Ma'am. Ich werde versuchen, einen Weg zu finden, um zurückzukommen.«

Und wenn das Flugzeug das nicht konnte? Sie hoffte, dass Jeebrelle eine Möglichkeit hatte, sie nach Hause zu bringen, und dass sie ihre Aufgabe rechtzeitig beendeten.

Sie stand an der Tür und pfiff Jaimie zu, dann wartete sie auf das antwortende Wiehern, bevor sie sprang. Das lief nicht wie geplant, da sie nicht fiel. Aber sie blieb auch nicht regungslos. Sie war in einem Luftstrom gefangen und schwebte, konnte jedoch nicht kontrollieren, wohin und wann ein Windstoß sie neigte. Sie drehte sich so sehr, dass ihr schwindelig wurde, bevor sie die Kontrolle wiedererlangte.

Erst als sie lernte, wie sie durch die Luftströmungen steuern konnte, warf sie einen Blick auf den Ort, der gänzlich aus Himmel und Wolken bestand, zusammen mit Wasserblasen und Felsbrocken, von denen einige kunstvoll geformt waren. Und fest. Sie konnte nichts tun, um die Strömung aufzuhalten, die sie in das gemeißelte Steingesicht einer Kreatur schlug, die drei Augen und eine Schnauze hatte. Sie klammerte sich einen Moment lang an die Nase, während die Luft um sie herum an ihr zog. Sie herausforderte, wieder zu fliegen.

Wo war Jaimie? Ein Blick über ihre Schulter zeigte ihr verteiltes Geschwader, Flecke am Himmel, die lernten, wie sie durch diese seltsame Welt mit ihren sich überkreuzenden Luftströmungen navigieren sollten.

Sie kletterte das Gesicht der Statue hinauf, bis sie auf ihrem flachen Kopf saß, von dem aus sie sich umsehen konnte. Wo sollten sie hingehen? Ihre Prüfung des Geländes zeigte dieselben schwebenden Elemente überall, aber nur eine gefährliche Richtung, wo sich ein Feld mit spitzen, sich drehenden Felsbrocken befand. Sie musste nicht raten, um zu wissen, dass sie dorthin musste. Aber wie? Sie war nicht dazu gemacht, durch Luftströmungen zu steuern. Nie hatte sie sich mehr Flügel gewünscht als in dieser Sekunde.

Wie gut, dass sie eine Freundin hatte, die sie mitnehmen konnte. Jaimie erschien plötzlich. Sie trabte auf einer Brise, ihre Mähne war zerzaust und ihr Wiehern fröhlich. Als sie Yvette entdeckte, steuerte sie in ihre Richtung, und zum ersten Mal in der Luft konnte ihre Freundin tatsächlich galoppieren, als wären die Strömungen ein Weg, auf dem sie laufen konnte. Jaimie wieherte erneut, als sie näher kam, und Yvette machte sich bereit.

Jahre der Übung sorgten dafür, dass Yvette sich auf Jaimies Rücken schwang und den Zopf packte, den sie vor dieser Mission geflochten hatten. Mit den Beinen umklammerte sie ihre Rippen und zog ihren Hintern nach unten. Ihre Knie drückten in Jaimies Flanken. Zurück im sprichwörtlichen Sattel und wieder auf einer Mission. Die Mitglieder ihres Geschwaders flankierten sie, während die silbernen Drachen nach vorn schossen und sich in dem endlosen Himmel durch sich bewegende Objekte schlängelten. Hatte dieser Ort überhaupt eine Oberfläche? Oben oder unten?

Mit nur einem Stoß machten sie sich auf den Weg zu dem Trümmerfeld. Sie hob eine Hand und winkte nach links. Staffel vier löste sich ab, um diese Richtung zu kontrollieren. Eine Bewegung ihrer rechten Hand und die dritte Staffel untersuchte ihre Seite. Curry, sein Partner und Lavoie, die ihren nicht hatte, da Eli nicht erschienen war, blieben bei Yvette.

Die Ohrhörer blieben tot. Ähnlich wie ihr Flugzeug, was in Yvette die Frage aufwarf, wie viel hiervon die Drachen zuvor gewusst hatten. Ihre Stimmung verschlechterte sich, als sie erkannte, dass sie sie im Dunkeln gelassen hatten.

Als zögen ihre Gedanken sie an, entschied ein blassgrüner Drache sich, über ihnen zu segeln.

Jeebrelle sprach mit ihr, ohne laut ausgesprochene Worte zu benutzen. Es war in ihrem Kopf, was, gelinde gesagt, erschreckend war.

»Es sollten nur ein paar Minuten des Fluges sein, bis wir unser Ziel erreichen.«

Yvette antwortete laut. »Hätte es dich umgebracht, mir das vorher zu sagen?«

»Hättest du mir geglaubt, wenn ich gesagt hätte, wir reisen zu einem anderen Planeten?«

Vermutlich nicht. Allerdings hätte sie die Option gern gehabt. »Wie sieht jetzt der Plan aus? Wo gehen wir hin?«

»Es ist wie zuvor. Wir holen die Box, und zwar schnell, damit wir nicht unser Fenster für die Rückkehr zur Erde verpassen.«

Was für Yvette keinen Sinn ergab, war, wenn es so schwierig war, hierherzukommen, warum sollten sie die Box dann nicht dort belassen? Wäre sie nicht an einem Ort versteckt sicher, an den niemand gelangen konnte?

Die Trümmer gingen von beliebigen Stücken zu einem dichten Minenfeld aus Schrapnell über. Die Felsbrocken variierten in ihrer Größe, und auch wenn sie zerstört waren, gab es Hinweise darauf, was sie einst gewesen waren. Zerbrochene Statuen von Kreaturen, die dreifingerige Hände hatten. Etwas, das eine Bank gewesen sein konnte.

Gefährliche Wege waren zu entdecken, wenn man aufmerksam war. Jaimie schlängelte sich durch die Trümmer und alles wäre in Ordnung gewesen, wenn die offene Stelle vor ihnen nicht plötzlich geschimmert hätte.

»Ankommendes Portal!«, rief Jeebrelle geistig.

Daraus erschienen zwei Gestalten, eine von ihnen rundlich mit unzähligen zerzausten Zöpfen auf dem Kopf, die andere schlanker. Sie beide ritten auf fliegenden Teppichen. Aber die beängstigendere Tatsache? Sie schienen aus Rauch zu bestehen.

Dschinns.

Oh, scheiße. Sie hatten Gesellschaft. Sie mussten vorsichtig sein. Yvette gab die drei schrillen Pfiffe von sich – der Code für *Gefahr* – und hoffte, dass ihre Leute es hörten.

Die Dschinns taten es jedenfalls und verteilten sich. Versuchten sie, ihnen voraus zu sein? Oder planten sie einen Hinterhalt? Sie konnten nicht zulassen, dass sie die Box in die Finger bekamen.

Sie beugte sich tief über Jaimies Hals und ihre Freundin legte an Geschwindigkeit zu. Ihr Rennen durch die Felsen stellte sich als trügerisch und schwer zu navigieren heraus. Also griffen natürlich die Dschinns an, um es noch herausfordernder zu machen. Die einzige Warnung, die Yvette vor dem Hinterhalt hatte, war ein plötzliches Aufflackern von

Rot, als ein Teppich hinter einem Felsbrocken hervorblitzte.

Als Signal spannte sie ihre Knie an und Jaimie drehte ab, was auf der Erde dazu geführt hätte, dass Yvette sich mit ganzer Kraft festhalten müsste, um nicht herunterzufallen; aber hier bedeutete das Fehlen der Schwerkraft, dass sie nicht ausgleichen musste. Sie zog eine Schusswaffe und mit einer Hand in der Pferdemähne feuerte sie. Sie traf den Teppich und verpasste ihm ein Loch, was den Rauch aber nicht beeinträchtigte.

»*Nur der Gottesspeer kann ihnen etwas anhaben*«, erklärte Adi, die vorbeiflog und das Maul öffnete, um silbernen Frost auszuatmen. Aber der Dschinn war bereits verschwunden.

»Wie halten wir sie dann auf?«, rief Yvette, als der Dschinn und sein Teppich gerade rechtzeitig wiederauftauchten, um mit Thomas zusammenzustoßen, der gegen einen Felsen prallte, bevor er ausweichen konnte.

»*Das können wir nicht. Also, während wir sie fernhalten, hol du die Box.*«

Ein Teil von Yvette hätte es vorgezogen, zu bleiben und zu kämpfen, aber die Mission drehte sich nicht um ihr Ego. Wenn sie die Box hatte, würden die Dschinns entweder verschwinden, weil sie verloren hatten, oder sie verfolgen, um sie zurückzubekommen. Letzteres wäre ein Problem, da sie nichts hatte, um ihnen Schaden zuzufügen.

Verdammt.

»Wo ist die Box?«, fragte sie laut.

»In der Kathedrale.«

Bevor sie dämlicherweise fragen konnte, welche Kathedrale gemeint war, brachen sie aus dem Felsenmeer in einen riesigen offenen Bereich aus. In der Mitte glitzerte etwas, was in ihr die Frage aufwarf, wo das Licht an diesem Ort herkam. Sie sah keine Sonne oder Sterne, keinerlei Beleuchtungsquelle.

»Steuere auf dieses glänzende Ding zu«, murmelte sie in Jaimies Ohr.

Während sie vorausflog, blieben alle anderen zurück, um mit den Dschinns fangen zu spielen, die Geschosse auf ihr Geschwader abfeuerten, aber niemanden töteten.

Der rundliche Dschinn bemerkte, dass Yvette auf das glänzende Ding zusteuerte, das sich zu einem Schloss zusammenfügte. Es war prächtig, ohne Ober- oder Unterseite, geformt wie eine Kugel und mit Spitzen in alle Richtungen. Türme mit Fenstern und Balkonen. Üppige Gartenterrassen, wild und verwachsen, die mit Wasserfällen über den Rand hinausragten, die nach oben, unten und auch zur Seite flossen. Eine Schönheit, wie sie sie sich nie hätte vorstellen können. Aber keinerlei Anzeichen für Leute oder Leben. Nichts, und doch hatte sie sich noch nie mehr in Gefahr gefühlt.

Ein Blick über ihre Schulter zeigte, dass der Dschinn sie einhole. Aber das war das kleinste ihrer Probleme. Das Gebäude schoss auf sie!

Große Klumpen weißen Feuers zischten auf ihrem Weg, und als Jaimie den Lichtkugeln auswich, verstand Yvette, wo die Trümmer herkamen. Das verdammte Ding beschützte sich selbst.

Jaimie erinnerte sich an ihr Training und flog im Zickzack. Der Dschinn, der versuchte, sie einzuholen, steuerte weiter geradeaus und wurde erwischt.

Sie machten nicht langsamer, sondern fassten sich die Plattform neben einer Treppe als Ziel. Sie sah nach einem einfachen Landeplatz aus. Jaimies Hufe landeten mit lautem Geklapper und einem schmerzerfüllten Wiehern darauf, als die Schwerkraft sie packte. Die Plötzlichkeit ließ Yvette unsanft absteigen, aber sie war bereits zuvor gefallen und wusste, wie sie sich abzurollen hatte.

Sie prallte härter auf als beabsichtigt, erholte sich aber schnell und sprang auf die Füße. Ihr Körper war nach der vorherigen Luftigkeit plötzlich schwerer. Ihr neu gefundenes Gewicht hielt nur wenige Sekunden an, bevor sich der Boden neigte und die Schwerkraft plötzlich umgekehrt wurde!

Jaimie konnte nur hilflos austreten, als ihr Körper vom Boden gehoben wurde, während Yvette sich an das Geländer klammerte, das jetzt mehr Sinn ergab. Sie grunzte, als sie sich Hand für Hand zu dem riesigen Türbogen ohne Tür hangelte. In dem Moment, in dem sie ihren Körper hindurchkämpfte, änderte sich die Schwerkraft erneut und sie landete auf dem Boden.

Sie erlaubte sich drei tiefe Atemzüge, bevor sie sich auf die Füße drückte. Sie fand sich in einem Flur wieder, der lang, weiß, schmal und leicht gebogen war, was bedeutete, dass sie die Bedrohung hinter der

Kurve nicht sah, bis sie brüllte und ihr etwas entgegenspuckte, das schnell und hart flog. Sie wich aus und der Schleimball prallte auf die Wand, wo er kleben blieb und brannte.

»Knurr.« Das Monster hatte einen pulsierenden, knolligen Körper, der eine Schleimspur hinterließ, die auf sie zulief. Keine Arme. Keine Beine. Aber es hatte eine Art Kopf.

Sie feuerte eine Kugel ab, die es zwischen zwei seiner drei Augen traf. Das Monster sackte zusammen, wie die zwei anderen seltsamen Viecher, die folgten. Und dennoch, der sich windende Korridor ging weiter. Während die Logik ihr sagte, die Kurven hätten kleiner und enger werden müssen, wurde der Gang breiter. Sie war nicht wirklich überrascht, als sich die Mitte des seltsamen Labyrinths in eine riesige, kreisförmige Kammer ausweitete. Die seltsame Schwerkraft des Ortes erlaubte es ihr herumzulaufen, ohne in die Mitte zu fallen.

Es war keine Überraschung, dass die Mitte der Kammer die harmlos aussehende Box offenbarte, die alle wollten. Sie war hölzern, die Außenseite war geschnitzt. Nur etwas größer als ihre Hand. Es war schwer zu glauben, dass sie stabil genug war, um etwas in sich zu bewahren, ganz zu schweigen von einem Dschinn.

Danach zu greifen verspottete nur den Gedanken, dass es funktionieren könnte. Sie war zu weit weg. Ein Sprung brachte sie nur wenige Meter über den Boden, bevor die Schwerkraft sie nach unten zerrte.

Was der Grund war, warum ihr eine nicht allzu brillante Idee kam.

Darauf schießen. Ihr Plan: die Box mit einer Kugel lösen und sie weit genug drücken, dass die Schwerkraft sie auf den Boden zog, wo sie sie sich schnappen konnte.

Es funktionierte nicht wie erhofft. Die Kugel traf auf die Box, welche sich nicht rührte, aber sie hinterließ ein Loch, aus dem Rauch austrat.

Aber sie verfiel nicht wirklich in Panik, bis die dicke Wolke plötzlich ein Paar bedrohlicher Augen und eine Stimme bekam, die dröhnte: »Ich bin frei!«

KAPITEL VIERUNDZWANZIG

*Z*u Elis Überraschung stellte sich der Sprung in das von dem Dämon verursachte schwarze Loch als weniger holprig als erwartet heraus. Erst der Ort, an dem er landete, verpasste ihm beinahe einen Herzinfarkt.

Von dem Inneren eines Zeltes kam er in einen großen, offenen Himmel – und er hatte keinen Boden unter den Füßen.

»Oh, scheiße!«, brüllte er, während er mit den Händen an seinem Hemd zerrte. Er zog seine Stiefel aus, aber sie fielen nicht wie erwartet herunter. Stattdessen schossen sie an seinem Gesicht vorbei, da sie von einer Luftströmung erfasst wurden.

Er blinzelte immer noch über den Anblick, als er sich verwandelte und dabei seine Hose zerfetzte. Sofort schlug er leicht panisch mit den Flügeln. Immerhin landeten fallende Gegenstände irgendwann auf dem Boden, selbst wenn er es nicht sehen konnte.

Aber er fiel nicht und es gab kein offensichtliches Stück Festland, nur Inseln in einem überwiegend wolkenlosen Himmel. Eine Reihe von Luftströmungen hielt ihn mit nur geringer Anstrengung oben. Ein Adler konnte auf den sich ändernden Geschwindigkeiten dieser Winde ewig segeln. Selbst nicht fliegende Gestaltwandler, die Jetpacks trugen, die eine Richtung ändern konnten, konnten mühelos umhersausen.

Owen schoss johlend an ihm vorbei.

Die Begeisterung war verständlich. Dieser Ort kam einer Adlerutopie sehr nahe. Dort drüben war ein Fels mit vier perfekt balancierten Spitzen, die aus den Seiten herausragten, ein Horst, wenn ein Adler sich ausruhen wollte.

Bevor er losfliegen konnte, um es sich genauer anzusehen, erregte ein dunkler Schatten seine Aufmerksamkeit. Ein Blick zeigte den Dämon an Elis Seite.

»Wir sind nur leicht vom Kurs abgekommen«, verkündete Luc. »Folge mir.« Als der Dämon die Führung übernehmen wollte, leistete Eli Gegenwehr.

Er schrie, was normalerweise nur ein anderer Adler verstanden hätte, aber Luc antwortete, als hätte er seine Frage verstanden.

»Wir sind im Moment nirgendwo. Das Leben, das hier existiert hat, wurde durch die Gier derer zerstört, die ewig leben wollten.«

Eli ließ seinen Schnabel klicken.

»Nein. Das Böse, das ganze Gesellschaften getötet

hat, lebt nicht mehr. Dafür habe ich gesorgt. Aber natürlich musste etwas anderes seinen Platz einnehmen und wir müssen es aufhalten«, sagte Luc mit einem leisen Knurren. »Flieg schnell. Wir haben nicht viel Zeit.«

Eli hätte vielleicht noch mehr Fragen gekrächzt, wenn sie nicht plötzlich in einem wahrhaftigen Minenfeld aus Trümmern gelandet wären. Zerstörte, sich drehende Teile, und kurz darauf tatsächliche Geschosse aus purer Kraft.

Er musste viel ausweichen und abdrehen. Während er versuchte, die Brüder nicht aus den Augen zu verlieren, war sein Hauptfokus, mit dem Teufel mitzuhalten.

Er vermisste es, keinen Ohrhörer zu haben, der ihn mit Informationen versorgte. Sie waren so schnell aufgebrochen, dass er sich keinen eingesteckt hatte. Er konnte sich nur auf seinen Instinkt verlassen.

Wäre das genug?

Sobald sie durch das Trümmerfeld hindurch waren, kamen sie in einen freien Bereich um eine Art kugelförmigen Tempel herum. Dieser rief ihn zu sich. Er wollte hingehen, aber die Vorsicht hielt ihn zurück und ließ ihn abdrehen, als er bemerkte, dass sich in dem riesigen offenen Bereich vor dem Gebäude fliegende Gestalten befanden.

Da war das Geschwader, das in Mustern flog und etwas ablenkte, das wie Rauchgestalten auf fliegenden Teppichen aussah.

Verdammte Dschinns.

Jetzt hatte er alles gesehen.

Das Geschwader schien nicht mehr tun zu können, als die Dschinns zurückzuhalten, die mit Krummsäbeln kämpften.

Als er ihnen zu Hilfe eilen wollte, erschien der Dämon plötzlich vor ihm, ein großes Ding mit riesigen Flügeln und einem finsteren Blick. »Du kannst nicht gegen sie kämpfen.«

Elis geknurrter Ruf drückte seinen Frust aus. Was sonst sollte er tun?

»Du musst hinein. Elspeth sagt, du wirst dem Mädchen helfen wollen.«

Die Worte ließen ihn erstarren. Meinte er Yvette? Er hatte kurz Jaimie gesehen und nahm an, dass sie ihre Reiterin dabeihatte. Aber er hatte nur einen flüchtigen Blick erhaschen können. Ein zweiter Blick zeigte ihren nackten Rücken.

Er starrte den Tempel an und verstand jetzt, warum er ihn anzog. Yvette befand sich darin, und sie brauchte ihn.

Warum verschwendete er Zeit?

»*Screeaww. Screeaw.*« Was übersetzt bedeutete: *Ich werde Yvette holen. Kümmere du dich um die Dämonen.*

»Das Einzige, was getan werden kann, ist, sie zurückzuhalten oder in kleinere Teile zu teilen. Sie können nicht vollständig zerstört werden.«

Eine unheilvolle Aussage. Eli schoss auf den Tempel zu und bekam eine Lasershow zu sehen, als Licht auf ihn zielte. Zick. Zack. Die nötige Geschwindigkeit widersprach nicht den Grundlagen, wenn man angriff.

Als er sich dem Tempel näherte, konnte er das Design bewundern, die gleichmäßig aufragenden Türme voller Fenster, wobei die größeren sogar Terrassen hatten, auf denen man landen konnte.

Er steuerte auf eine davon zu, deren Steine hellgrau und spiralförmig gemustert waren. Er positionierte sich schwebend darüber, bevor er mittig landete. In dem Moment, in dem seine Krallen den Boden berührten, kehrte die Schwerkraft zurück und er verwandelte sich. Nicht absichtlich.

Es erschreckte ihn und er riss die Augen auf. Was war passiert?

Was auch immer es war, ihm war mulmig zumute. Er wollte weg von hier. Es war still und doch so, als würde es gleichzeitig schreien. Er brauchte kein Geschichtsbuch, um zu wissen, dass hier etwas Schlechtes passiert war.

Ich muss Yvette finden. Wenn sich Elspeths Vorhersage als korrekt erwies, dann befand sie sich im Inneren.

Er trat durch das Fenster und fand sich in einem Flur wieder. Reine, glatte Böden und Wände, kein einziges Fenster in Sicht, obwohl er wusste, dass sie den Turm übersäten.

Es gefiel ihm nicht. Etwas Seltsames lag in der Luft. Ein Anflug von Tod. Eine leichte Würze. Rauch. Außerdem war es von einem Hauch Vorahnung durchzogen.

Sein Erscheinen war bemerkt worden.

Beeil dich.

Eli rannte, der Korridor und seine Biegungen

wurden breiter. Die Monster auf seinem Weg waren bereits tot. Erschossen, und er würde wetten, dass er wusste, von wem.

Ein Teil von ihm wollte Yvette zurufen und ihre Antwort hören. Aber das wäre närrisch und eine Gefahr für sie beide. Scheinbar war nicht alles in dieser Welt tot und er hoffte, das Überraschungsmoment zu haben.

Als der Flur endete, tat er dies auf eine Art und Weise, die ihn abrupt abbremsen ließ. Der Raum, den er betrat, war kugelförmig. Wo auch immer er hintrat, die Schwerkraft folgte. Das war gut, denn er hatte Yvette gefunden. Ein Seil aus Rauch, das sie umgab, schien ihren Körper zu erdrücken.

»Lass sie los!«, brüllte Eli, der plötzlich einen beängstigenden Anblick darstellte – nackt, mit frei schwingenden Eiern und Schwanz und erhobener Faust. Ja, der Dschinn, der Yvette gefangen hatte, würde vor Angst erzittern.

Eher nicht.

Das neblige Seil teilte sich zu einem Y, wo sich die neue Abzweigung zu einem Gesicht formte. Überhaupt nicht gruselig.

»Warte, bis du an der Reihe bist«, sagte es. »Ich habe lange Zeit darauf gewartet, dass neue Spezies in meine Welt einwandern, und ich werde mich nicht hetzen lassen, während ich sie verspeise.«

Das nahm eine ernsthaft böse Wendung. Aber er konnte nicht gehen.

»Ich sagte, lass sie los!« Eli trat einen Schritt vor, während er mit den Fäusten drohte.

Der Dschinn lachte. Seine ganze rauchige Länge bebte vor Heiterkeit, selbst sein gedehnter Schwanz. Hm, sieh einer an. Der Schwanz schien aus einem zersplitterten Loch in einer Box zu kommen, die in der Mitte des Raumes schwebte.

Da der Durchbruch kürzlich erfolgt zu sein schien, nahm er an, dass Yvette ihn verursacht hatte. Das Loch musste geschlossen werden, um den Dschinn zu kontrollieren. Aber wie?

Er hatte nichts, das er in das Loch stecken konnte – bis auf seinen Schwanz, den zu opfern er noch nicht ganz bereit war. Auch hatte er kein anderes Behältnis.

Das Rauchband bedeckte jetzt die untere Hälfte von Yvettes Gesicht. Ihm war die Zeit ausgegangen und der Dschinn, als wollte er ihn verspotten, gab ein zufriedenes Stöhnen von sich und erschauderte.

Da er nur den Bruchteil einer Sekunde hatte, um sich für seine nächste Handlung zu entscheiden, verwandelte Eli sich und sprang in die Luft. Er hatte eine Entscheidung zu treffen: versuchen, Yvette zu befreien, oder sich auf die Box stürzen. Sein Herz wollte Ersteres, aber der Soldat wusste, dass er, um sie zu retten, etwas gegen den gottverdammten Dschinn unternehmen musste.

Der Versuch, die Box zu erreichen, stellte sich als schwierig heraus. Es war, als würde er durch Sirup fliegen, was jede Bewegung seiner Flügel anstrengend machte. Als er sich seinem Ziel näherte, schnitt die Spitze seiner Federn durch den Rauch, woraufhin dieser sich beschwerte.

»Geh weg von hier.«

Die Tatsache, dass er nicht wollte, dass er sich die Box schnappte, war umso mehr Grund dazu, sie in die Krallen zu nehmen. In diesem Moment entschied der verdammte Dschinn, sie endgültig zu verlassen.

Der wackelnde Schwanz aus Rauch befreite sich, gerade als Eli die Box mit seinem Schnabel packte. Das schwere Gefühl in der Luft verschwand plötzlich und seine kräftigen Flügelschläge ließen ihn nahe genug schweben, sodass ihn die Schwerkraft auf der anderen Seite erreichte.

Die Box zerbrach beim Aufprall und dasselbe geschah beinahe mit seinem Gesicht. Als er eine Sekunde brauchte, um sich wieder zurechtzufinden, stellte er fest, dass es seine Wange auf dem Boden war, nicht sein Schnabel.

Schon wieder? Verdammt. Wenn das weiter geschah, wäre er zu erschöpft, um irgendetwas zu tun. Sein Körper zitterte bereits vor Ermüdung durch die ständige Wandlung.

Er kämpfte sich auf die Füße und sah Yvette nicht weit von sich entfernt, wo sie mit den Händen nach dem Rauch griff, der versuchte, sich um sie zu legen. Ein aussichtsloser Kampf, und doch war sie bitter entschlossen.

Eli schloss sich ihr an und berührte den Rauch, der eine schwammige Textur hatte. Wenn er zu fest drückte, ging seine Hand sofort hindurch.

Aber der schlimmste Teil? Der Dschinn spielte mit ihnen und lachte dabei die ganze Zeit. Wie lange würde es dauern, bis es ihm langweilig wurde und er sie tötete?

Das musste enden. Aber wie könnte Eli den Dschinn einfangen? Sie hatten nichts, in dem sie ihn einsperren konnten.

Die suchenden Tentakel, die sich bemühten, sich an Eli zu klammern, erinnerten ihn an Würmer, die ihn an die Rotkehlchen denken ließen, welche die kleinen Tierchen gern fraßen.

Das wiederum rief ihm eine Geschichte in Erinnerung, die er gelesen hatte, in der mithilfe von Maultieren Drogen geschmuggelt worden waren.

In ihren Körpern.

Die Idee war vermutlich verrückt. Es war ihm egal. Ihm waren die Optionen ausgegangen. Er verwandelte sich und stürzte sich mit dem Schnabel in den Rauch, wo er Stücke abbiss und schluckte, bevor er feststellte, dass es einfacher war, wenn er schlürfte. Dem Dschinn gefiel das überhaupt nicht. Er schrie in einer Sprache, die Eli ignorierte, während er weiter den Rauch fraß und ihn wie eine einzelne lange Spaghetti aufsog.

Der Dschinn griff nach seinem verschwindenden Schwanz, konnte aber nichts tun, um Eli aufzuhalten. Er zerrte und brüllte, aber Eli aß weiter, und je mehr er aufnahm, desto schwacher wurde sein Opfer. Eli hatte den Rauch im Mund, und auch wenn es vielleicht nicht sonderlich gesund war, schluckte er ihn herunter.

Er begab sich nicht wehrlos in seinen Bauch. Er

wackelte, bebte und kitzelte in ihm, aber er war gefangen.

Wie lange?

»Eli!«, schrie Yvette, als er sich erneut verwandelte und mit den Knien auf dem Boden landete.

Er war so müde, aber er durfte noch nicht schlafen. Sie waren nicht sicher. Sie mussten von hier verschwinden.

Yvette zog ihn auf die Füße und sie begannen loszustolpern, während sie murmelte: »Ich bewege mich so schnell ich kann. Ich weiß, dass uns fast die Zeit ausgegangen ist.« Es war, als würde sie mit jemandem sprechen.

Und dann hörte er es auch – eine Stimme in seinem Kopf.

»Zu spät. Die Ebenen haben sich verlagert.«

»Was zur Hölle?«, murmelte er. Sein Magen grummelte und war unruhig.

»Scheinbar hat sich soeben unser Fenster, das uns zurück auf die Erde bringt, geschlossen.«

Er musste nicht fragen, ob das schlecht war. »Wie kommen wir dann nach Hause?«

Sie seufzte. »Anscheinend gar nicht. Jedenfalls nicht innerhalb des nächsten Jahrhunderts.«

Ein Jahrhundert? Hier im Paradies mit der Frau, die er liebte? Es war verlockend. Allerdings brauchte die Welt, die sie zurückgelassen hatten, sie noch immer.

Es musste einen anderen Weg nach Hause geben.

Rubinrote Schuhe. Aus irgendeinem Grund erinnerte er sich daran, was Elspeth gesagt hatte, und ihm kam eine Idee. Hatte er nicht einen Dschinn im Bauch? Und alle wussten, wozu die gut waren.

Er wünschte sich etwas. *Jeder Beteiligte an dieser Mission weiß, dass es keinen besseren Ort als zu Hause gibt. Bring uns dorthin.*

KAPITEL FÜNFUNDZWANZIG

Im einen Moment wurde Yvette von irgendeinem Kerl aus Rauch erdrückt, der dachte, es wäre in Ordnung, sie mit Nebel zu umhüllen. Und im nächsten? Sie und ein sehr nackter Eli waren wieder in Kodiak Point, wo sie vor seinem Wohnwagen standen.

Sie blinzelte. Nichts änderte sich.

»Was ist soeben passiert?«

»Wir sind nicht gestorben?« Eli klang sehr überrascht.

Als sie ihn sah, war sie zwischen verschiedenen Emotionen hin- und hergerissen. Wut, da sie gedacht hatte, er hätte sie zurückgelassen. Freude, dass er doch gekommen war. Angst, da sie, heilige Scheiße, beinahe gestorben wären.

Mit dem Ärger konnte sie am besten umgehen. »Was ist mit dir passiert? Du bist verschwunden.« Dabei blieb ungesagt, dass sie besorgt gewesen war.

»Deine Brüder haben mich entführt.«

»Warum sollten sie dich entführen?«, kreischte sie, während sie gleichzeitig ihren Niedergang plante.

»Würdest du mir glauben, dass irgendeine Frau, die in die Zukunft sehen kann, ihnen gesagt hat, sie sollen es tun?«

»Dämlicher Drache, muss sich überall einmischen.« Yvettes Miene wurde finster.

»Sie ist nicht so schlimm. Sie ist diejenige, die dafür gesorgt hat, dass ich rechtzeitig kam.«

»Kaum. Eine Minute später und es wäre brenzlig geworden.« Er hatte sie gerettet und sie war sich nicht sicher, wie sie darüber empfand. Auf der einen Seite – yippie. Auf der anderen war sie daran gewöhnt, sich selbst zu retten.

»Gib nicht mir die Schuld. Gib sie dem Dämon, der für meine Reise dorthin verantwortlich war.«

Natürlich hatte der Teufel seine Finger im Spiel gehabt. »Apropos Dämonen, wo sind meine Brüder? Und alle anderen?«

Er machte ein langes Gesicht. »Ich hoffe wirklich, dass sie zu Hause sind. Immerhin habe ich mir das gewünscht.«

Gewünscht? Sie betrachtete ihn mit zusammengekniffenen Augen, dann seinen nackten Bauch. Seine Hände umschlossen sein Gehänge. »Heilige Scheiße, du hast den Dschinn gegessen.«

»Ja, das habe ich.«

Sie schüttelte den Kopf. »Warum hast du etwas so Verrücktes getan?«

»Ich wusste nicht, wie ich ihn sonst einfangen sollte.«

»Du hast einen verdammten Dschinn gegessen, Eli. Ich bezweifle ernsthaft, dass das gesund für dich ist.«

»Aber es war besser, als zuzulassen, dass er dir wehtut.« Die direkte, aufrichtige Wahrheit kam heraus und sie wusste nicht, was sie sagen sollte. Es war zu intensiv. Zu tiefgründig, als dass sie damit hätte umgehen können.

»Was das betrifft. Er hatte eigentlich keinerlei Pläne, uns beiden wehzutun. Bevor du kamst, hat mir der Dschinn, der sich den Namen Raoul ausgesucht hat, seinen großen Plan erklärt. Ich denke, er hätte dir vielleicht gefallen.«

Er runzelte die Stirn. »Das wage ich zu bezweifeln.«

Trotz seiner Skepsis erklärte sie ihm Raouls Plan. »Hast du bemerkt, dass diese Himmelwelt tot war? Dem Dschinn hat der Grundriss sehr gut gefallen und er wollte nirgendwo anders hingehen, aber er war es leid, allein zu sein. Er hat auf andere Lebewesen gewartet, um ein Zuchtprogramm in Gang zu setzen.« Als er sie verwirrt ansah, vereinfachte sie ihre Worte. »Raoul hatte geplant, uns in eines seiner Schlösser zu stecken, uns mit Nahrung und anderen Dingen zu versorgen, damit wir glücklich sind, viel Sex haben und viele Kinder bekommen, um eine Zivilisation zu gründen, über die er herrschen könnte.«

Er erstarrte. »Warte einen Moment. Willst du sagen, dass ich uns gerade vor einem Adlerparadies gerettet habe, in dem meine einzige Aufgabe darin bestanden hätte, in luxuriöser Umgebung mit dir zu schlafen?«

Sie nickte und schenkte ihm ein verschmitztes Grinsen. »Wünschst du dir, du hättest dich anders entschieden?«

»Nein, denn mein erster Impuls wird immer der sein, dich zu retten.« Seinen aufgerissenen Augen nach zu urteilen hatte er soeben mehr zugegeben als geplant.

»Eli Jacobs, willst du etwa sagen, dass du mein Held sein willst?«

»Ich will dein alles sein, wenn du es mir erlaubst. Aber später, nachdem wir nach dem Geschwader und deinen Brüdern gesehen haben.«

»Ich bin mehr um den Dschinn in deinem Bauch besorgt.«

Er blickte nach unten. »Bisher war er ruhig. Aber ja, wir sollten vermutlich etwas dagegen unternehmen.« Denn aus irgendeinem Grund glaubte er nicht, dass es sonderlich angenehm werden würde, wenn er entschied, wieder herauszukommen.

Bevor Yvette antworten konnte, rief eine Frau: »Ich schwöre bei Gott, Eli, wenn du mir noch einmal auf den Rasen kotzt, dann werde ich deine Eier mit meinem Filetiermesser bearbeiten.«

Eli wirbelte herum und winkte. »Dir auch einen wunderschönen guten Morgen, Karen!«

Das Zuschlagen einer Tür entlockte ihm ein Lächeln. Dann drehte er sich zu ihr um, um sie für eine Umarmung vom Boden zu heben.

»Wofür war das?«, fragte sie.

»Weil die Sonne scheint.«

Eigentlich war es fürchterlich bewölkt, aber ihr war auch danach zu lächeln.

Sie verbrachte die nächsten zwei Stunden in Hektik – nachdem Eli sich angezogen und eine Magentablette geschluckt hatte. Sie endeten bei Reid, wo sie mit dem Telefon des Alphas Anrufe tätigten, sich beim General meldeten und an einem Punkt sogar mit dem Gremium sprachen. Sie erfuhren innerhalb von Minuten, dass es dem Team tatsächlich gut ging. Yvettes drei Brüder waren zu Hause bei ihren Eltern. Die Mitglieder des Geschwaders waren dort, wo sie sich verankert fühlten, was sich bei Curry und Thomas als die Area 69 herausstellte. Den Drachen ging es gut. Selbst ihrem Piloten.

Zu wissen, dass alles ein Erfolg gewesen war, war eine Erleichterung, die ihren Körper zusammensacken ließ. Als sie jedoch die Müdigkeit in Elis Gesicht sah – und bemerkte, wie er einmal im Stehen einschlief –, schleppte sie ihn schließlich für eine wohlverdiente Erholung in seinen Wohnwagen.

In einen Wohnwagen, der scheinbar an der Stelle des alten Zuhauses seines Großvaters geparkt war. Dieses war laut Jan, Boris' Frau, vor Jahren mit dem Mann darin niedergebrannt. Die Stadtbewohner behaupteten, dass Elis Großvater den Ort heimsuchte, aber Eli wollte nirgendwo anders hin. Weitere Schuldgefühle, wie sich herausstellte, da er im Einsatz gewesen war, als der Holzofen einen Defekt gehabt und den Schaden verursacht hatte.

Es war ein schöner Ort – wenn man die laute

Nachbarin ignorierte. Mit ein wenig Arbeit könnte es ein richtiges Zuhause werden.

Im Wohnwagen roch es nach Bleichmittel und Verzweiflung. Eine Erinnerung daran, wer Eli gewesen war. Nicht der Mann, der er noch sein wollte. Nicht der Liebhaber und Held, den sie kennengelernt hatte.

Sie nahm ihn an der Hand und sagte: »Lass uns rausgehen. Ich will die Sterne sehen.«

Sie nahmen eine Decke mit, die sie unter einem Himmel voller weit entfernter Sterne ausbreiteten. Sie liebten einander auf eine Art, die keiner Erklärung bedurfte. Es waren die zärtlichen Berührungen, die atemlosen Küsse, das träge Reiben von Haut an Haut. Das perfekte Gefühl, als sich ihre Körper intim miteinander verbanden.

Als sie kam, war es ein Moment reiner Glückseligkeit.

Sie schlief in seinen Armen ein und nässte sich beim Aufwachen beinahe ein, da dunkle Schatten mit glühenden Augen über ihnen aufragten.

»Was zur Hölle?« Da sie während des Kampfes mit dem Dschinn ihre Schusswaffe verloren hatte, blieb Yvette nur noch ein Messer. Sie schleuderte es und sah, wie es von einer behandschuhten Hand gefangen wurde. Erst als sie blinzelte, bemerkte sie, dass sie versucht hatte, einen apokalyptischen Reiter zu töten, dem eine Katze auf der Schulter saß.

»Pass auf!«, knurrte er.

»Wenn du nicht durchbohrt werden willst, dann

schleich dich nicht an andere heran«, gab Yvette zurück.

»Tut mir leid. Und auch, dass wir so spät sind.« Jeebrelle zog ihre Kapuze zurück und das Blassgrün leuchtete im Licht der Sterne beinahe silberfarben. Ihr Haar nahm einen metallischen Schimmer an.

»Spät wofür?«, fragte Eli, der sich aufsetzte. Da sie sich dazu entschieden hatten, draußen zu schlafen, hatten sie sich vor ihrer letzten Kuscheleinheit angezogen. Wohl in weiser Voraussicht, denn ansonsten wäre diese Situation noch unangenehmer gewesen.

»Ich glaube, sie sind hier, um den Dschinn an sich zu nehmen«, erklärte Yvette, die die Teile zusammengesetzt hatte.

»Wie?«, fragte Eli mit einem Blick auf seinen Bauch.

Yvette sagte an die Reiter gewandt: »Ich will gleich erwähnen, dass es außer Frage steht, ihn aufzuschneiden.«

»Als hättet ihr eine Wahl«, prustete einer von ihnen.

»Sei nett. Ärgere das Mädchen nicht«, schalt Jeebrelle ihn. »Beruhige dich, Mädchen. Wir müssen deinen Mann nicht durchlöchern.«

Anstatt sich durch das Wort *Mädchen* beleidigen zu lassen, fragte sie: »Wie beabsichtigt ihr, ihn herauszuholen?«

Es war Eli, der murmelte: »Rein durch den Schnabel, raus durch den Arsch.«

»Verdammt nein. Auch wenn das funktionieren würde, ist es absolut widerlich«, sagte ein Mann im

Umhang, der seine Kapuze herunterzog, um seine finstere Miene zu offenbaren. »Wir werden ihn auf die gleiche Weise herausziehen, wie er reingekommen ist.«

»Klingt immer noch nicht angenehm«, erwiderte Eli.

»Von Leuten ausgeweidet zu werden, die auf der Jagd nach dem Dschinn noch skrupelloser sind als wir, wäre auch kein Zuckerschlecken«, warf der Kerl mit der Katze ein.

»Kann ich den Dschinn nicht in ein neues Gefäß wünschen?«, fragte Eli.

»Das würdest du tun?« Jeebrelle klang überrascht. »Einen Wunsch verschwenden? Die meisten Leute geben sie nicht bereitwillig auf.«

»Ich will ihn nicht in mir haben und ich habe bereits die eine Sache, die ich brauche, genau hier bei mir.« Und ja, Eli sah Yvette an.

Weshalb sie mit Folgendem herausplatzte: »Heirate mich.«

EPILOG

Glücklicherweise, obwohl er unbeholfen und unromantisch war, antwortete Eli: »Ja.« Am Tag danach bot er ihr einen Klumpen Metall an, der scheinbar ein Familienring war, der in dem Feuer geschmolzen war, und bat sie in seinem eigenen peinlichen Moment darum, seine Frau zu werden.

Sie antwortete ebenfalls mit ja. Dann rief sie ihre Mutter an und sagte: »Ich bin verlobt.« Sie legte auf, ohne auf eine Antwort zu warten, und erklärte Eli: »Wir müssen für eine Einsatznachbesprechung ins Lager zurückkehren.«

Sie blieben nicht lange. Vor allem, weil der General sagte: »Sie brauchen eine Pause. Nehmen Sie sich ein paar Tage – oder Wochen, wenn nötig.«

Yvettes Augen wurden schmal. »Hat meine Mutter Sie angerufen?«

»Eigentlich hat Ihre ganze Familie das getan. Ich

glaube, sie alle freuen sich darauf, dass Sie nach Hause zurückkehren.«

Was bedeutete, dass es an der Zeit war. Sie schaffte es nicht ohne Vorfall. Kurz bevor sie das Lager verließ, reichte Curry ihr sein Handy und sagte: »Ihre Mutter will mit Ihnen sprechen.«

Was ein vernünftiges, liebevolles Wesen andeutete, nicht eine Frau, die schrie: »Du bist mit einem Huhn verlobt?«

»Er ist kein Huhn, Mama. Eli ist ein Adler.«

»Der ist nur gut für den Kochtopf, nicht für meine Tochter!«, erwiderte ihre Mutter, die versnobte Katze.

Aber ihr Vater, der Patriot, mochte Adler. Jedenfalls, bis er den Mann, der seine Tochter vögelte, persönlich traf. In dem Moment, in dem sie aus dem Mietwagen ausstiegen, wusste Yvette, dass es ein Desaster werden würde, da ihr Vater seine Hausschuhe auszog.

»Daddy! Nein!« Sie wackelte mit einem Finger vor dem leicht ergrauten Jaguar, der versuchte, sich auf Eli zu stürzen, der sich wiederum in die Lüfte schwang. Sein neuer Pullover war ruiniert, während er über ihnen kreiste.

»Mach, dass er aufhört.« Yvette marschierte zu ihrer Mutter hinüber.

»Gib mir einen guten Grund.«

»Weil ich ihn liebe.« Yvette blickte in den Himmel und lächelte.

»Musstest du etwas lieben, das so gut riecht?«, jammerte ihre Mutter. »Wir werden mit euren Kindern besonders vorsichtig sein müssen, damit ihre

Cousins sie nicht essen, während sie noch jung und empfindlich sind.«

»Wer sagt, dass wir Kinder bekommen?«, gab Yvette zurück.

»Ich. Oder hast du noch nicht bemerkt, dass du schwanger bist?«

Da ihre Mutter noch nie zuvor falschgelegen hatte, teilte Yvette es Eli in dem Moment mit, in dem er landete, woraufhin sie sich über seine nackten Füße erbrach.

Die Tatsache, dass er sich nicht ebenfalls übergab, sondern fragte: »Geht es dir gut?«, und ihr den Rücken rieb, führte dazu, dass ihr Vater – sobald er zu würgen aufgehört und Eli sich die Füße gewaschen hatte – sagte: »Willkommen in der Familie, Sam.«

»Sein Name ist Eli«, erinnerte Yvette ihn.

»Aber er erinnert mich an Sam von den *Muppets*«, verkündete ihr Vater.

»Ich finde, er ist mehr wie Foghorn Leghorn aus den *Looney Tunes*«, mischte Owen sich ein.

»Ihr seid Arschgeigen!«, schnaubte Yvette.

Woraufhin Xavier antwortete: »Würdest du es vorziehen, wenn sein Spitzname Bibo wäre?«

Diese letzte Beleidigung führte dazu, dass sie ihre Schusswaffe zog und drohte, ihnen allen ein neues Loch zu verpassen. Ihre Mutter schob es den Schwangerschaftshormonen zu und erklärte, dass Yvette ein Abendessen mit Rinderbraten und Apfelkuchen bräuchte.

Es stellte sich heraus, dass ihre Mutter recht hatte. Yvette fühlte sich um einiges besser. Auch wenn sie sich jedes Mal übergab, wenn jemand die Schwangerschaft erwähnte. Eli rieb ihr jedes Mal den Rücken.

Sie heiratete ihn so schnell, dass sie immer noch in das Hochzeitskleid ihrer Mutter passte und bevor ihr eleganter Gang zum Altar eher ein Watscheln wurde.

Eli sah in seiner Uniform so attraktiv aus. Er war aufgrund seiner Heldentaten mit dem Dschinn zum Colonel befördert worden.

Sie heirateten im Garten, wo Phil schluchzend ein Gewehr hielt. Laut Owen vor allem, da er es nicht so benutzen durfte, wie er es erwartet hatte. Ihr Vater übergab sie, während ihre Mutter weinte.

Sie sagten: »Ja, ich will«, und: »Ich liebe dich«, und allerhand kitschige Dinge, an die sie sich kaum erinnerte.

Das Einzige, woran sie sich während ihrer Gelübde deutlich erinnerte, war ihr dämlicher Bruder Phil, der sagte: »Der Eiserne Adler ist gelandet.«

Woraufhin Owen erwiderte: »Halt die Klappe, du Idiot. Kannst du nicht sehen, dass sie einen besonderen Moment teilen?«

Einen Moment, der für den Rest ihres Lebens anhalten würde.

Welches vielleicht nicht so lange andauern würde, wie die Leute dachten, stellte die Katze fest, als sie sich abwandte und auf die Suche nach ihrem Drachen machte – ein Mann mit Leckerlis in seinen Taschen und der netten Angewohnheit, sie unter dem Kinn zu kraulen. Die Katze würde ihn vermissen, wenn die Welt unterging.

DAS ENDE? Nicht ganz. Ich bin irgendwie neugierig auf Xavier und Jaimie. Werden sie sich jemals zusammenraufen? Was haben die Reiter mit dem Dschinn gemacht? Und warum sagt die Katze das Ende der Welt voraus? Wenn Sie mehr Gestaltwandlerspaß und die Hintergrundgeschichte darüber lesen möchten, wie es so weit gekommen ist, dann sehen Sie sich Bitten Point an, was uns zu Dragon Point und den sehr interessanten apokalyptischen Reitern führt – die Drachen sind!

Demnächst auch auf Deutsch erhältlich!

MEHR EVE LANGLAIS:

www.ingramcontent.com/pod-product-compliance
Lightning Source LLC
LaVergne TN
LVHW041626060526
838200LV00040B/1457